E-Z DICKENS SUPERHELT BOG FIRE:
PÅ IS

Cathy McGough

Stratford Living Publishing

HVAD LÆSERNE SIGER

Indeksliste

For hverdagens superhelte.

»Du kan bare ikke slå den person, der aldrig
giver op.«

Babe Ruth

PROLOGUE

DEN NÆSTE DAG VAR en skoledag, men da verdens undergang var nært forestående, havde hverken E-Z eller Lia tænkt sig at tage af sted.

»Jeg har en meget dårlig fornemmelse,« sagde Lia.

Det var tid til morgenmad, og hun og E-Z var alene. Sam og Samantha sov stadig, og det samme gjorde tvillingerne Jack og Jill.

»Hvilken slags dårlig fornemmelse?« spurgte han og puttede mere morgenmad i munden.

»Du ved, i går aftes, da jeg troede, jeg hørte noget?«

»Ja, men du sagde, at det var falsk alarm. At lydene forsvandt, og at alt blev normalt igen.«

»Det gjorde det, og det gjorde det ikke. Det er svært at forklare. Jeg hørte Rosalie kalde på mig, og så stoppede hun. Hun prøvede ikke igen, så jeg troede, at alt var i orden. Men nu er jeg bekymret, fordi jeg prøvede at få fat i hende og ikke kunne. Hun har ikke svaret på nogen af mine sms'er. Jeg synes, vi skal gå ud og se til hende. Bare for en sikkerheds skyld. Det vil berolige mig at vide det. Ellers får jeg ikke gjort noget i dag.«

»Måske sover hun længe? Eller hendes telefon er løbet tør for batteri.« Han drak sit glas appelsinjuice ud og gik væk fra bordet. Han satte opvasken i opvaskemaskinen.

»Ja, måske. Men jeg vil stadig gerne se hende.«

»Lad os besøge hende, så du kan få ro i sindet,« sagde han, mens han ringede efter en taxa. »Jeg håber, de lukker os ind. Vi er trods alt ikke i familie.«

De kørte gennem byen og spurgte efter Rosalie i receptionen. Kvinden spurgte: »Er I to i familie?« Begge sagde, at det var de ikke. »Værsgo at sidde ned,« sagde hun.

»Se,« hviskede Lia. »Hun så forsigtig ud. Som om hun skjuler noget.«

»Ja, det så jeg også. Men måske forestiller vi os det, fordi vi er bekymrede for Rosalie. Det eneste, vi kan gøre, er at vente og forsøge at holde os i gang. Vi er her, og vi flytter os ikke, før vi kan se, at hun er okay.«

Tredive minutter senere ventede de stadig, og de blev mere og mere rastløse, som tiden gik.

Lia rejste sig op. »Jeg kan ikke vente længere.«

E-Z sagde: »Whoa! Vent lige et øjeblik.« Hun satte sig ned igen. »Lad os give det en halv time mere, før vi går amok på dem.«

»Hvad betyder det at gå amok?« spurgte Lia.

»Åh, jeg glemmer hele tiden, at du ikke er herfra. Det betyder, at man går løs på noget med alle sine våben. Som en sidste udvej. Det er selvfølgelig en talemåde. Selvom nogle postarbejdere har taget det bogstaveligt.«

»Hvis vi var voksne, ville de nok have talt med os nu. Nogle gange hader jeg at være barn.«

»Det har sine fordele,« sagde E-Z. »Prøv at spille et spil på din telefon eller læs en bog. Det får tiden til at gå, og de vil være mere hjælpsomme over for os, hvis vi er tålmodige.«

»Jeg ville ønske, jeg havde taget mine hovedtelefoner med. Så kunne jeg have lyttet til Taylor Swifts nye sange.«

»Her,« sagde han. »Du kan låne mine.«

Der gik endnu en halv time, og E-Z vendte roligt tilbage til disken. Lia blev tilbage og lyttede til musik. Han kiggede tilbage. Hun havde lukket øjnene. Hun havde ikke engang bemærket, at han var væk.

»Øh, noget nyt om, hvornår vi kan se Rosalie?«
spurgte han.

»Beklager, der kommer en ud for at se jer. Hun
ved, at I er her og venter.« Kvinden klikkede på sit
tastatur. Da E-Z ikke flyttede sig, gjorde hun endnu
et forsøg på at få ham til det. »Jeg har talt med min
manager personligt. Hun kommer ud for at tale med
dig, så snart hun kan. Vær venlig at slutte dig til din
ven.« Hun viftede med hånden i retning af Lia, som
var optaget af sin telefon.

E-Z vendte modvilligt tilbage til Lias side. Han så,
hvordan folk myldrede rundt. Nogle var beboere,
der skubbede rollatorer. Nogle få sad i kørestole og
blev skubbet af personalet, mens andre selv trak i
deres hjul. De fleste beboere smilede i hans retning,
nogle få vinkede. Han spekulerede på, hvor mange
af dem, der fik regelmæssige besøg. Det håbede
han, at de fleste gjorde.

Da dørene åbnede og lukkede, nåede duften af
frokost hans næsebor, og hans mave rumlede. Han
spekulerede på, hvilke lækkerier beboerne skulle have
i dag. Måske fish and chips. Måske en lille tærte a
la mode. Han ønskede, at han havde spist en større

morgenmad, da Lia gav ham sine hovedtelefoner tilbage.

»Har du held med at få fart på tingene? Jeg er hundesulten!«

»Det er jeg også, men ikke rigtig. Hun sagde, at manageren snart kommer til os, men jeg forstår ikke, hvorfor Rosalie ikke bare kommer ud og ser os selv. Hvad er problemet?«

»Jeg kan ikke mærke hendes tilstedeværelse her,« sagde Lia. »Det er, som om vi er blevet afbrudt. Musikken hjalp med at distrahere mig et stykke tid, men nu tænker jeg på det igen og er sulten. Det er ikke en god kombination.«

»Jeg forstår dig godt,« sagde E-Z, da en høj kvinde med et General Manager-skilt kom hen til dem og præsenterede sig selv.

»Mit navn er Eleanor Wilkinson, og jeg er General Manager her.« Hun gav dem hånden. »Jeg kan forstå, at I to er venner med Rosalie. Har I besøgt hende her før?«

»Nej, vi har ikke været her,« sagde Lia. »Men vi er venner med hende, nære venner. Og vi er bekymrede for hende. Hun har ikke svaret på mine sms'er eller taget sin telefon.«

Fru Wilkinson sagde: »Jeg er ked af at sige det, men Rosalie døde i løbet af natten. Vi venter på, at hendes nærmeste pårørende kommer. De bor ikke i nærheden.

»Jeg undskylder, at I måtte vente så længe. Men jeg var nødt til at tale med dem, før jeg talte med dig. Det må du forstå. Vi har en politik, vi skal følge.«

Lia faldt tilbage i stolen og begyndte at hulke, mens E-Z tog hendes hånd i sin, og de sad stille i et par sekunder, før han spurgte: »Hvad er der sket med hende?«

»Det er under efterforskning,« sagde Wilkinson. »Beklager, jeg kan ikke fortælle dig mere. Medmindre du er i familie. Jeg beklager dit tab.«

»Hun betød alt for mig,« sagde Lia.

»Hvordan mødte du hende?« Spurgte Wilkinson. »Hun var en fantastisk dame. Elsket af alle.« ›Vi mødtes gennem en ven,‹ løj Lia.

»Interessant,« sagde Wilkinson, «jeres aldersforskel taget i betragtning.«

»Du mener, fordi jeg er et barn, og hun ikke er? Jeg mener, det var det ikke,« spurgte Lia vredt. Hun rejste sig op.

»Undskyld, det var ikke min mening at gøre dig ked af det. Selvfølgelig vil mange af beboerne her gerne have venner at sludre med. Især børn med en interesse som jeres, som de kunne fortælle deres levende historier til. Så de ikke bliver glemt, når de er væk.«

»Vi vil altid huske Rosalie,« sagde E-Z.

»Må vi se hende for at sige farvel?« spurgte Lia.

»Jeg er bange for, at det er udelukket. Vi har nogle procedurer. Men hvis I lægger jeres oplysninger og telefonnummer ved skranken, kan vi ringe til jer. For at fortælle dig, hvornår besøget og begravelsen finder sted.«

E-Z efterlod sit telefonnummer i receptionen. De skulle til at sætte sig ind i en taxa, da han kom i tanke om bogen.

»Vent her,« sagde han. »Jeg er straks tilbage.«

Han gik hen til receptionen.

»Jeg er ked af det, men vi kan ikke acceptere, at vores ven Rosalie er død. Ikke før mindst én af os har set hende. Fru Wilkinson sagde, at vi ikke måtte gå ind, men må jeg lige stikke hovedet ind på værelset? Jeg bliver ikke længe. Så jeg kan sige til min ven, at jeg har set Rosalie og kan bekræfte, at hun ikke længere er hos os? Hun har været igennem så meget, da hun mistede sine øjne og alt det der. Det ville lette hendes sind at få det bekræftet af en, hun kender og stoler på.«

»Åh, stakkels lille pige. Det forstår jeg godt. Kom med mig,« sagde kvinden. Da hun var på den anden side af skrivebordet, bad hun en kollega om at dække for hende. »Jeg er straks tilbage,« sagde hun.

E-Z fulgte hende dybere ind i hjertet af ældreboligen. Der var lyst, ikke deprimerende, som han havde hørt, at den slags hjem kunne være, men meget stille. Sikkert fordi alle nød frokosten i cafeteriet. Hans mave rumlede igen.

»Alle er i spisestuen,« sagde kvinden, som om hun vidste, hvad han tænkte. »Det er fish and chips-dag med rød gelé og flødeskum til sidst. Et umådeligt populært måltid, som alle gerne vil have del i. Enhver anden dag ville det være umuligt at lukke dig ind, fordi der ville være for mange mennesker, der myldrede rundt.«

»Det dufter godt,« sagde E-Z. »Og tak for din hjælp, jeg, vi, sætter virkelig pris på det.«

Hun stoppede op og trak døren op.

»Det her er Rosalies værelse. Jeg venter her. Du har to minutter eller mindre, hvis nogen ser mig.«

»Tak igen,« sagde E-Z, da døren gik i bag ham. Der lugtede mærkeligt, som om der havde været et bål. Han kiggede rundt i lokalet efter kameraer. Så vidt han vidste, var der ingen.

Under det hvide lagen var deres ven dækket fra top til tå. Han kom tættere på og kæmpede mod trangen til at flygte, men han måtte være sikker på det og se det med sine egne øjne. Han trak lagenet tilbage og så, hvordan det faldt til gulvet som et spøgelse.

Straks trængte en lugt ind i hans næsebor. Som en grill. Brændt kød. Og han så Rosalies arm hænge ned, dækket af forbrændinger og blærer. Hvad var der sket med hende? Hvem havde gjort denne forfærdelige ting ved hende, og hvorfor?

Han skubbede stolen væk og så sig omkring i lokalet, som var pletfrit og uden tegn på brand. Det kunne ikke være sket her. Hvis ikke, hvor så? Flyttede de hende ind på dette værelse bagefter?

Kvinden ved døren bankede på. »Skynd dig venligst!« sagde hun.

Han åbnede skuffen på hendes natbord. Der lå den. Bogen, som Rosalie havde fortalt dem om. Den, hvor hun havde skrevet oplysningerne om de andre børn.

»Tiden er gået,« sagde kvinden.

E-Z stak bogen om bag ryggen. Han trykkede på knappen for at åbne døren, og de vendte tilbage til receptionen.

»Tak,« sagde han. »Fra min ven og mig. Du har givet os fred. Lad os venligst vide, hvornår begravelsen og bisættelsen finder sted. Åh, en ting til, jeg bemærkede, at hun havde forbrændinger på kroppen. Kom andre beboere til skade i branden?«

»Åh nej,« sagde kvinden. »Det ved jeg nu ikke. Jeg har ikke hørt noget om en brand. Jeg har ikke set liget; jeg mener Rosalie selv. Jeg fik kun at vide, at hun var død. Jeg kender ikke noget til detaljerne.«

»Det er okay,« beroliger E-Z hende. »Jeg siger ikke noget. Jeg sætter pris på alt, hvad du har gjort. Tak for det.«

»Der er ikke sket nogen brand her,« sagde hun. »Ingen alarm gik i gang, så vidt jeg ved. Ingen brandbiler blev tilkaldt. Jeg... Åh nej.«

E-Z vinkede og bevægede sig væk fra disken. Kvinden vrøvlede stadig for sig selv. Han tænkte, at det var bedst for ham at komme væk derfra.

Chaufføren hjalp E-Z ind på bagsædet ved siden af den ventende Lia og stuvede derefter hans kørestol ind i bagagerummet.

»Det tog en evighed,« klagede Lia. »Hvad er det?«

Hun forsøgte at få fat i bogen, men E-Z holdt fast i den. Han bemærkede, at afgiften på taxameteret allerede var flere penge, end han havde på sig.

»Det kunne ikke undgås. Jeg smugkiggede på Rosalie. Og så tog jeg den her. Det er den bog, hun fortalte os om. Vi tjekker den ud, når vi kommer hjem.« Han hviskede: »Har du nogen penge?«

Til sammen havde de ikke nok til at dække taxaen.

»Du må bede din mor eller onkel Sam om at hjælpe os,« sagde han, da chaufføren stoppede ved huset.

Chaufføren hjalp E-Z tilbage i stolen, mens Lia løb ind. Hun kom ud med penge nok til at dække billetten, og chaufføren kørte væk.

»Sam gav mig pengene.«

»Spurgte han, hvad de skulle bruges til?«

»Nej, men det forventer jeg, at han gør.«

Indenfor myldrede Sam og Samantha rundt i køkkenet. De forsøgte at forberede morgenmaden i al hast, mens tvillingerne sang en serenade af sultne skrig.

»Hvorfor er du ikke i skole?« Spurgte Sam.

»Det forklarer jeg senere. Kan vi hjælpe?«

»Nej, men tak,« sagde Samantha. Hun begyndte at give Jack mad.

Sam nikkede og gik i gang med at made Jill.

E-Z og Lia gik ind på hans værelse og lukkede døren. Alfred sad og læste avisen.

»Rosalie er død,« udbrød Lia, og så faldt hun på knæ og hulkede, mens E-Z lagde armen om hende, og Alfred skyndte sig hen til hende. De tre krammede hinanden og græd, indtil de ikke havde flere tårer tilbage.

»Hvad er det, du har der?« spurgte Alfred.

»Jeg tog bogen.«

Lia tog den op, stillede sig op og holdt den mod sit bryst, som om hun krammede sin veninde, men i stedet så hun det hele. Rosalie i Det Hvide Rum. Furierne i Det Hvide Rum sammen med hende. Bøger, der brænder. Hylder, der faldt ned. Ild overalt.

Lia faldt på knæ.

»Hun var så modig. Så meget modig.«

»Så du ilden?« Spurgte E-Z. »Hvad skete der?«

»Du kendte til branden?«

Han nikkede.

»Hvorfor fortalte du mig det ikke?« Hun kendte allerede svaret på spørgsmålet. Han beskyttede hende mod sandheden. »Da jeg rørte ved bogen, så jeg det hele. Rosalie var i Det Hvide Rum. Og Furierne var der sammen med hende. De ville have hende til at fortælle dem om os og de andre børn. De torturerede hende, men hun gav sig ikke.«

»Hvorfor ringede hun ikke til os?«

»Hun prøvede. Jeg vidste ikke, at det var liv eller død. Det gik væk, så jeg troede, at alt var i orden.«

»Det er ikke din skyld,« sagde E-Z.

»Hun døde alene, under bogreolerne, med brændende bøger omkring sig. Hun fortjente ikke at dø på den måde. Ingen fortjener at dø på den måde.« Hun hulkede i sine hænder.

»Stakkels Rosalie,« sagde han. »Hun kunne have tilkaldt mig. Hun har gjort det før. Hvorfor tilkaldte hun mig ikke?«

»Fordi hun ville have bragt dig i fare. Hun døde for at beskytte os.«

»Så furierne forsøgte at få vores og de andre børns navne ud af hende, og hun ofrede sig selv for at redde os? For at bevare vores hemmelighed. Rosalie var en fantastisk kvinde. Vi vil aldrig glemme hende - aldrig,« sagde Alfred, mens han kæmpede mod tårerne. »Hun fortjener en medalje. En æresmedalje.«

»Vent lidt, måske har de forhindret hende i at ringe til os?« Sagde E-Z.

»Hun sendte mig et SOS, men det har hun gjort før. En gang gjorde hun det, da de løb tør for te på hjemmet, og hun ville lufte det. Jeg vidste ikke, at dette SOS betød, at hendes liv var i fare.«

»Det kunne du ikke vide. Det kunne ingen af os. Vi kan ikke bebrejde os selv.« Alle tre var stille. »Vent lidt, lad os se på bogen.«

»Det er alt det, hun sagde, det ville være. En komplet liste med detaljer om alle de børn, der er som os. Gudskelov, at Furierne ikke fik fat i den!«

»Hey, vent lige lidt!« sagde E-Z. »Bare tanken om, at de torturerede hende for at finde oplysninger om os og de andre, betyder, at Furierne ved, at vi alle sammen eksisterer. Det betyder, at de her børn er derude, helt alene, og de ved ikke engang, hvad der venter dem!

»Vi er nødt til at finde dem først. For det er kun et spørgsmål om tid, før de - uanset hvordan de har fundet ud af det med os, dem - finder ud af, hvor de er.«

»Men hvad nu, hvis det er en fælde, så vi kan føre Furierne direkte til dem?« spurgte Alfred.

»Jeg tror ikke, de ved, hvor de kan finde os, ellers ville de være her, ikke?« spørger E-Z. »Jeg mener, de havde overraskelsesmomentet. Ved at dræbe Rosalie har de afsløret det. Ladet os vide, at de ved noget ... sikkert for at komme ind i hovedet på os, fordi vi har ansvaret.« «Hvad med de andre børn?« spurgte Lia. »Hvordan skal vi få fat i dem uden at afsløre os selv?«

»Hadz? Reiki?« E-Z kaldte. »Hvis du kan høre mig, har vi brug for dit input og din hjælp.«

POP.

POP.

»Kender I til Rosalie?« spurgte han.

»Ja, det gør vi, og det er en trist, trist historie at fortælle,« sagde Hadz og tørrede tårer væk med sine vinger. »De torturerede her i Det Hvide Rum. Og som om det ikke var slemt nok, så ødelagde de det totalt og alt, hvad der var i det. Alle de smukke, bevingede bøger - væk. Rosalie, væk. Væk.« Hun kunne ikke tale mere på grund af hulkene.

»Så, så,« sagde Reiki. »Og det er ikke det hele. Vi ved ikke, hvad der er sket med Rosalies sjæl.«

»Vent, hendes krop ligger i sengen på hendes værelse i den anden ende af byen på plejehjemmet. Måske er hendes sjæl der sammen med hende?« spurgte E-Z.

Reiki sagde: »Har du noget, der er forseglet, lukket inde, fra luft, fra alt? Hvis ja, så hent det med det samme - så går vi hen og ser, om Rosalies sjæl er hos hende. Vi overtaler den til at gå ind i beholderen - midlertidigt - indtil vi finder ud af, hvor hendes sjælefanger er. Jeg håber virkelig ikke, at furierne har taget den.«

E-Z skyndte sig ud i køkkenet, hvor Sam og Samantha havde travlt med at give tvillingerne mad. »Har vi stadig den store termokande?«

»Ja, den står i skabet over køleskabet,« sagde Sam, og så kælede han for sin søn.

»Tak,« sagde E-Z, mens han gik tilbage til sit værelse. »Er det her godt nok?«

Det krævede dem begge at bære beholderen.

»Vent!« Alfred råbte, lige i tide til at fange dem, før Hadz og Reiki kom ud. »Måske kan jeg hjælpe? Jeg har helbredende kræfter. Tag mig med dig. Lad mig prøve. Lad mig prøve.«

POP

POP

FIZZLE

Og de tre forsvandt og landede i Rosalies værelse.

»Der er hun,« sagde Alfred og hoppede op på sengen, mens han passede på ikke at træde på hende med sine svømmehudsfødder. Med sit næb løftede han lagenet, mens Hadz og Reiki svævede i nærheden.

"Hvad har han tænkt sig at gøre?« spurgte Reiki.

»Shhhh,« sagde Hadz.

Alfred lagde sit næb på Rosalies pande og rørte ved hendes hjerte med en af sine vinger. Der skete ikke noget.

»Lad mig prøve noget andet,« sagde svanen. Denne gang svævede han over Rosalies krop med sin pande presset op mod hendes. Igen skete der ingenting.

»Du har gjort dit bedste,« sagde Hadz, «nu skal vi sikre hendes sjæl. Kom ud, kom ud, hvor du end er.«

Og lige pludselig drev Rosalies sjæl hen imod dem.

»Du er i sikkerhed herinde,« sagde Reiki, mens sjælen blev lokket ind i beholderen, og låget blev lukket.

POP.

POP.

FIZZLE.

»Var du i stand til at hjælpe hende?« spurgte Lia, men hun kendte allerede svaret på grund af blikket i Alfreds øjne. Hun krammede ham: »Jeg er sikker på, at du gjorde dit allerbedste.«

»Det gjorde han virkelig,« sagde Hadz.

»Men hendes sjæl er i sikkerhed her ... ingen må åbne den. Den skal holdes i sikkerhed, indtil sjælefangeren er klar til at tage den.«

»Måske skulle du beholde den hos dig?« sagde Alfred. »Og tak, fordi jeg måtte prøve.«

På E-Z's værelse formulerede De Tre en plan for at bringe de andre børn sammen. Det blev besluttet, at E-Z skulle rejse til Australien for at hente Lachie - også kendt som drengen i kassen. Alfred ville flyve til Japan, hvor han ville hente Haruto, drengen, som var blevet efterladt i skoven. Sidst, men ikke mindst, ville Lia rejse tværs over USA for at hente Brandy, pigen, der kunne komme tilbage til livet igen.

Deres missioner var klare - hvad de ville gøre, når de kom frem, var det ikke. De andre var i forskellige aldre, havde forskellige kulturer og talte forskellige sprog. Nogle ville kræve tilladelse fra deres forældre, og andre ville ikke.

»Gad vide, hvad Rosalie har fortalt dem om os?« spurgte Lia.

»Det kan vi spørge dem om, når vi ser dem,« foreslog Alfred.

»I mellemtiden har vi tasker, der skal pakkes, og planlægning, der skal gøres. Jeg tager derhen i min stol, men I to har flere muligheder. Beslut jer for, hvad der fungerer bedst for jer, og sæt jeres plan i værk. Jeg stoler på, at I træffer den rigtige beslutning, og tiden er knap.«

»Det er jeg glad for, at du siger,« sagde Lia, «for jeg er ikke sikker på, at jeg har lyst til at flyve dertil. Jeg tænker, at Lille Dorrit måske er den bedste løsning, men jeg er ikke sikker på, at hun vil være glad for det. Hun flyver ud med én passager og kommer tilbage med to.«

»Jeg er heller ikke sikker,« sagde Alfred. »Jeg kunne flyve derhen af egen fri vilje, men da Haruto er ret ung, ville jeg være nødt til at ledsage ham på flyet, medmindre hans forældre også kom med. Desuden skal jeg bekymre mig om dårligt vejr - og det er en lang vej.«

»Som jeg sagde, må I to beslutte, hvad der fungerer bedst for jer. Alfred, hvis du beslutter dig for at flyve, så bed Uncle Sam om at ordne detaljerne for dig.«

De tre forberedte sig på at bringe alle børnene sammen. Så ville de lægge en plan - for at besejre de onde furier. Selv hvis det var den sidste plan, de nogensinde lavede.

KAPITAL 1
AUSTRALIEN

E-Z VAR DEN FØRSTE på holdet, der forlod Nordamerika. Han fløj hen over himlen i sin kørestol og nød den frihed, som den friske luft gav ham.

Alene tanken om at opbevare sin kørestol på et fly gav ham kuldegysninger. Hvad hvis den blev væk? Eller ødelagt? Det var ikke en risiko, der var værd at tage. Ville Batman opgive sin batmobil? Nej, aldrig.

Men han var ret sikker på, at han var nødt til at tage et fly tilbage med Lachie. Det ville ikke være rigtigt at lade drengen flyve alene. Måske ville de gøre en undtagelse for ham og lade ham flyve i sin kørestol? Det ville være værd at spørge. Han ville krydse den bro, når han kom til den. Desuden havde han ikke lyst til at TÆNKE på flymad. Gudskelov havde han en madpakke med nu.

Han spillede dodgems med skyerne - og en gang eller to gik han lige igennem dem. Men han var nødt til at fokusere. Australien lå trods alt på den anden side af jorden.

Rosalies noter om drengen i kassen var ikke så hjælpsomme, som han havde håbet. Han havde læst om hans historie på internettet. Det, der skilte sig mest ud for ham, var, at drengen nu foretrak dyr frem for mennesker. Det gav mening efter alt det, han havde været igennem.

Den stakkels dreng var så ødelagt, da de fandt ham, at han havde glemt, hvordan man taler. E-Z vidste, at der fandtes grusomhed i verden, men det her var ubeskriveligt.

E-Z havde masser af spørgsmål, som han håbede at finde svar på: Hvor var Lachies forældre? Hvem fodrede og gjorde rent i hans bur? Hvem satte ham derind? Og hvorfor?

I artiklen stod der, at de havde sendt journalister ud for at få billeder af drengen for at se, hvordan han havde det, men dyrene ville ikke lade dem komme tæt på. Selv da de forsøgte at bruge en telelinse.

Skarverne angreb og bombarderede dem. Han så et par klip med skjorteangreb - det var som noget fra Hitchcock-filmen Fuglene. Til sidst fløj en af skjortene væk med en journalists objektiv. Derefter lod de drengen være i fred.

E-Z håbede, at han ville være i stand til at vinde drengens tillid. Og at hans dyrevenner også ville stole på ham. Hvis ikke, ville hans rejse være meningsløs. Eller, ikke helt meningsløs, hvis han mødte og talte med drengen. Ville han have lyst til at hjælpe andre, efter den måde han var blevet behandlet på? Det ville kun tiden vise.

Han fløj over Atlanterhavet. Han havde fløjet denne rute før, og det var her, han havde mødt Alfred for første gang. Hans telefon i lommen vibrerede - han kiggede, og der var en besked fra Lia.

»Jeg ville bare fortælle dig, at jeg rejser med Lille Dorrit.«

»Du besluttede dig for ikke at flyve - i et fly - alligevel?«

»Lille Dorrit dukkede op, og hun er med i mit skema.«

»Det lyder som en god plan.« Han sendte en thumb's up-emoji.

»Hvor er du?« spurgte hun.

»Lige på den anden side af Atlanten. Vand, vand og mere vand.«

De afbrød forbindelsen, og han satte farten op og krydsede Afrika, hvor han fik øje på Robben Island - fængslet, hvor de havde holdt Nelson Mandela fanget i næsten tredive år.

Hans mave knurrede; han havde ikke lyst til den sandwich, han havde med i rygsækken. Så han slog sig ned i Cape Town og håbede, at han kunne bruge sit bankkort til at få noget at spise. Han fik øje på et skilt til et sted, der solgte »Traditional Fish and Chips« med et britisk flag, og de tog imod bankkort. Han bar sit forberedte måltid ud og fløj op til toppen af Lion's Head. Da han var færdig med at spise sit måltid, som var lækkert, tog han en selfie og fortsatte derefter sin rejse.

»Væk mig om to timer,« sagde han til sin kørestol, som vibrerede og derefter satte farten op. Da han vågnede igen, var han ved at krydse Det Indiske Ocean. De mange stjerner omkring ham fik ham på en eller anden måde til at føle sig mindre alene. Han rejste videre og følte sig triumferende over, at han næsten var fremme, da han så solen i horisonten, der skubbede sig op på himlen for at indlede den nye dag.

Så var den der lige foran ham - den spottede Australiens kyst. Han var spændt på at se den med egne øjne, så han satte farten op og skubbede mod den. Da han indså, at han var meget tørstig, rakte han ned i sin rygsæk og trak en flaske vand op, som han tømte. Han lagde den tomme flaske tilbage i sin taske til senere brug, og selv om han stadig var temmelig mæt af den fish and chips, han havde spist tidligere. Han besluttede sig for at spise den sandwich med skinke og ost, som Uncle Sam havde pakket.

Han fløj over Vestaustralien, og da han mærkede varmen, tog han sin sweatshirt af og lagde den i sin rygsæk. Han fortsatte ind i The Outback i Northern Territory og spekulerede på, hvor han skulle lande, da en lille fugl med fjer i blå nuancer og en sort ring om halsen fløj hen mod ham.

»Følg mig, E-Z,« sagde hun. »Jeg har holdt øje med dig.«

»Øh, hvad er du?« spurgte han.

»Jeg er en gærdesmutte,« sagde hun. »Kom, han venter.«

En gruppe musvåger fulgte med dem.

»Bare rolig,« sagde gærdesmutten. »De er vores ledsagere.«

Han betragtede den unikke form, som de sortbrystede musvågers hvide striber bevægede sig i. Han havde hørt om poesi i bevægelse, og nu vidste han præcis, hvad det betød.

Så fik han øje på drengen. Han var under dem og vinkede. E-Z vinkede tilbage. Bortset fra at han sad på ryggen af en usædvanlig stor fugl, lignede han et hvilket som helst andet barn.

»Velkommen til Australien,« sagde han. »Det bliver snart mørkt, så følg efter mig. Og forresten kan du kalde mig Lachie.«

»Rart at møde dig, Lachie! Jeg kan ikke vente med at se mere af dit fantastiske land. Jeg ville ønske, jeg kunne blive længere.«

»Det her er Savanneskoven,« sagde drengen. »Træk vejret dybt ind, så vil du bemærke duften af eukalyptus.«

»Ja, det dufter vidunderligt,« sagde E-Z.

De rejste videre, gennem stenland, over flodsletterne og billabongs. Endelig nåede de deres destination i The Outliers.

»Det er her, jeg bor,« sagde drengen. »Kakadu National Park er Australiens største landbaserede nationalpark med over 20.000 kvadratkilometer land. Jeg bor her sammen med planterne og dyrene.« Feen landede på hans hoved. »Åh, du er træt igen,« sagde drengen med et smil. Og så til E-Z: »Hun har ofte brug for et lift.«

Da de ankom til et område, der lignede en campingplads, sagde drengen: »Velkommen til mit hjem.«

»Tak,« sagde E-Z. »Jeg kunne godt bruge et brusebad eller et bad, og jeg skal tisse.«

»Jeg har gravet et hul, derovre bag træet. Der er du sikker nok. Så viser jeg dig, hvor vandfaldet er, så du kan blive ren.«

»Et vandfald, hva'? Er der nogen krokodiller derinde?«

»Der er krokodiller ... men de er vant til, at jeg bruger vandfaldet. Jeg kommer med dig første gang, hvis du vil?«

»Nej, jeg har vinger, og det har min stol også. Vi flyver væk, hvis vi hører store plask!«

»Godt,« sagde den yngste. »Bare svæv i det faldende vand - lad være med at lande - så skal det nok gå. I mellemtiden samler jeg noget mad til aftensmaden. Hvis du får brug for hjælp, skal du bare råbe, så kommer jeg løbende.«

Da han nærmede sig vandfaldet, lagde han mærke til skilte - og masser af dem med FARE og ADVARSEL på. På et af dem stod der, at der var både saltvands- og ferskvandskrokodiller. Føj for den lede.

»Op, til toppen!« dirigerede han sin stol. Han gik direkte ned i vandet med ansigtet først og sad og nød det, mens det faldt ned over og omkring ham. Det var koldt i starten, men da han havde vænnet sig til det, føltes det fint.

Mens han så sig omkring, tænkte han på den emu, som drengen havde mødt ham på. Det virkede mærkeligt, at en fugl af dens størrelse - med de enorme vinger - ikke kunne flyve. Han læste om fugle, der ikke kunne flyve, på nettet. Han blev overrasket over at se kiwier sammen med emuer, strudse, pingviner, kasuarer og næsehorn på listen. Han læste på nettet, at ratiernes DNA havde ændret sig, så de nu ikke kunne flyve. Han følte sig lidt skyldig over, at han, en dreng, kunne flyve, når de smukke fugle ikke kunne.

Da han var blevet ren og havde fået nyt tøj på, gik han tilbage til drengen, som havde travlt med at forberede deres måltid.

»Det her er en gedehamsblomme.«

E-Z tog en bid. Den smagte fantastisk.

»Det her er et rødt buskæble, og det her er solbær.«

E-Z spiste det hele og elskede det.

»Det var vores dessert, nu skal jeg forberede hovedretten.« Drengen gravede og gravede og fandt så en gryde, som var for varm til, at han kunne håndtere den. Da han fjernede låget med en pind, fik duften af det, han havde tilberedt, E-Z's mund til at løbe i vand.

»Det er muslinger,« sagde drengen og lagde nogle af dem på et blad.

»De er virkelig gode. Jeg har aldrig prøvet muslinger før.«

Solen var ved at falde ned fra himlen. »Tid til at sove,« sagde drengen.

»Tak igen, fordi du fik mig til at føle mig så velkommen.« E-Z gabte. Indtil da havde han ikke været klar over, hvor længe han havde været vågen.

»Du kan sove deroppe,« sagde han og pegede op i et træ, hvor der var en træhytte og en rebstige, der førte ned. »Du kan flyve derop og sætte din bremse på, så du ikke bevæger dig i søvne. Mit værelse er derovre,« sagde han og pegede på et andet træ med et reb, der førte ned, og en træhytte i toppen.

»Sov nu,« sagde Lachie. »Vi finder ud af det hele i morgen tidlig.

KAPITAL 2
JAPAN

Alfred kunne være blevet sat af med E-Z på vej til Australien. I stedet besluttede han sig for at flyve på den traditionelle menneskelige måde - i et fly.

Det krævede en del forhandling fra Sams side at overbevise flyselskaberne om at give trompetersvanen et sæde. For slet ikke at tale om en plads på første klasse. Sam brugte sine forbindelser på arbejdet til at hjælpe Alfred med at flyve med stil.

I kabinen iført hovedtelefoner og sin heldige butterfly følte Alfred sig hjemme. Han var afslappet, og kabinepersonalet var opmærksomt. Alligevel kunne han ikke vente med at ankomme til Japan. Og til at møde drengen ved navn Haruto.

Alfred havde gemt sin rygsæk i nærheden, og i den havde han et par snacks. Han ville vente, til han var rigtig sulten, før han kastede sig over poserne med vilde ris og selleri. Sammen med maden havde han et backup-batteri til sin telefon og Sams kreditkort med en tilladelse til, at han kunne bruge det.

Mens han kiggede ud af vinduet, mens skyerne fløj forbi, tænkte han på Haruto. Ifølge Rosalies notater var han meget yngre end de andre børn. Og hun havde ingen anelse om, hvad hans kræfter var - hvis han altså havde kræfter.

Alfreds plan var at forklare alt for Harutos forældre først og forhåbentlig få dem med på vognen. Derefter ville han komme med flere detaljer om, hvordan Haruto kunne hjælpe, når han havde bekræftet sit ekspertiseområde, dvs. hvilke kræfter han havde.

Den svære del ville være at overbevise dem om at lade deres unge søn rejse til udlandet. At betale var ikke noget problem - Sam sagde, at han skulle bruge sit kreditkort til det. Men at få dem til at gå med til at lade en svane tage deres barn med til Nordamerika, det ville kræve noget overtalelse.

Han lænede sig tilbage i sædet, og det lagde sig ned.

»Vil du have noget?« spurgte den kønne ledsager.

Det var godt, at mennesker kunne forstå ham nu. Det gjorde hans liv så meget lettere, da der ikke var brug for en oversætter.

»En kop te ville være skønt,« sagde Alfred. »I en skål,« tilføjede han. »Det er svært at få det her næb ned i en tekop.«

Ekspedienten smilede. Lidt efter kom hun tilbage med en skål, en tepose, sukker, mælk og endnu en skål med køligt vand. »I tilfælde af, at teen er for varm,« sagde hun.

»Meget betænksomt,« sagde Alfred.

Han lod teen køle af og fortsatte med at kigge ud af vinduet. Det var så dejligt at kunne læne sig tilbage og nyde udsigten. Uden at skulle bekymre sig om store vindstød, sne, regn eller rovdyr.

Til sidst drak han sin te med lidt mælk og sukker, og så faldt han i søvn.

Han vågnede ved en meddelelse om, at personalet var ved at gøre passagererne klar til landing. Han havde sovet igennem hele flyveturen!

Gennem vinduet havde han fuldt udsyn over Haneda Lufthavn. Omkring den så han masser af frisk græs, som han kunne spise. Han ville smage lidt og gemme sine ris og selleri til senere.

Længere væk så han omridset af det højeste bjerg i Japan - Fuji. Sam havde haft ret i, at det at sidde i venstre side af flyet var det bedste sted at se det, der var kendt som Japans hjerte.

»Vidste du, at der er et observationsdæk på femte sal? Derfra kan du måske få en bedre udsigt over Fuji-bjerget,« sagde stewardessen til Alfred.

»Jeg ville ønske, jeg havde mere tid, men tak. Måske på vejen tilbage.«

Stewardesserne lod ham forlade flyet først. De stod i kø for at sige farvel, som om han var en rockstjerne.

Da Alfred kun havde sin håndbagage med, og svaner ikke kan få pas, gik han ud af lufthavnen for at finde en taxa.

Før rejsen havde han søgt på nettet for at finde ud af, hvordan man hyrede en taxa i Japan. Oplysningerne sagde, at han skulle kigge efter et rødt klistermærke i nederste højre hjørne af taxaernes forrude. Dette røde klistermærke bekræftede, at taxaen var ledig.

Da han fandt en med klistermærket, blev han så glad. Han fløj op til det åbne vindue og gav chaufføren en seddel ved hjælp af sit næb. På sedlen stod der, hvor han skulle hen. Chaufføren var venlig, og han havde ikke noget imod at transportere en svanepassager. Han trykkede på en knap på rattet, som åbnede bagdøren, så Alfred kunne komme ind. Chaufføren lukkede døren, og så kørte de.

Haruto og hans familie boede i Japans næststørste by, Yokohama. Selv om han forsøgte at se på seværdighederne, herunder skylinen, kunne han kun tænke på, hvordan han skulle overbevise Haruto og hans familie om at blive involveret i deres kamp mod The Furies.

Telefonen i hans rygsæk vibrerede. Han rakte ud efter den; det var en besked fra E-Z.

»Med Lachie nu. Hvordan har du det i Japan?«

Han skrev med sit næb, hvilket han havde lært sig selv, da han rejste alene til Japan. Han var også hurtig og lavede ikke mange tastefejl.

»Næsten i Yokohama nu i en taxa. Håber snart at være fremme ved Harutos hus.«

E-Z sendte ham en thumb's up-emoji.

Alfreds søn havde elsket at bygge Gundam-robotter. I Yokohama var man ved at bygge en kæmpestor robot. Når den var færdig, ville den være 15 meter høj, opdagede han, da han læste om den på nettet. Hans søn ville have elsket at besøge Japan for at se den. Siden de døde, har Alfred forsøgt ikke at tænke på dem, for det gjorde ham ked af det. Men i dag, her i Japan, besluttede han sig for at se alt, hvad han kunne, som om hans familie var lige der ved hans side. Livet var for kort, selv som svane, til at være ked af det hele tiden.

Chaufføren stoppede uden for et havehus med trapper med blomster på begge sider af rækværket. Chaufføren åbnede døren, og Alfred steg ud. Han gik op ad et par trapper, stoppede og spiste af græsset, som der var rigeligt af på begge sider af trappen. Luften var kølig og velduftende, og den private have foran huset var smuk. Næsten på toppen lagde han mærke til, at området foran huset var meget indbydende med en uglevandkunst til venstre for indgangen. Men i selve huset var alle persienner trukket ned, som om der ikke var nogen hjemme. Han håbede virkelig, at der ville være nogen til at tage imod ham. Han havde lyst til en snack og et lille hvil.

Han bankede på døren med sit næb. En stemme kom fra en kasse nær midten af døren, som han ikke kunne nå uden at flyve - og det gjorde han.

»Mit navn er Alfred,« sagde han.

Døren gik op, og en ældre kvinde vinkede ham indenfor. Han fulgte efter hende og spekulerede på, om en fra teamet havde kontaktet familien for at præsentere dem, inden han kom.

Han fortsatte med at følge efter hende, mens lyden af hans svømmehudsfødder, der slog ned i trægulvet, var den eneste lyd, han hørte. Husets indre var fuld af træ - og velduftende orkidéer fyldte luften. Den ældre kvinde førte ham ind i stuen, som var fyldt med møbler, de fleste i læder. Persiennerne på bagsiden af huset var åbne, og han nød udsigten til de frodige grønne områder i baghaven. Hun pegede på en stol, og han flyttede sig for at sætte sig i den.

Han havde kun lige sat sig til rette, da kvinden vendte tilbage til værelset med en bakke fyldt med dampende varm te og nogle kager. Det var næsten, som om hun havde ventet ham - enten det, eller også var kedlerne meget kortere tid om at koge i Japan.

Bag hende stod en lille dreng, som holdt fast i hendes ben og gemte sig bag det. Drengen havde den rigtige alder til at være Haruto, men jeg havde læst, at man ikke skulle kalde en japaner ved fornavn uden at have fået lov til det. Af og til kastede drengen et blik på Alfred og gemte sig så igen. Han så ud til at være højst fire eller fem år gammel og var iført en Optimus Prime-t-shirt, korte bukser og hjemmesko på fødderne.

»Kan du lide Optimus Prime?« spurgte Alfred.

Drengen smilede og vendte så tilbage til sit skjulested.

Kvinden skubbede ham væk, så hun kunne servere teen.

Alfred havde sat en oversætter op på sin telefon. Han læste ordene »hej« på skærmen og sagde: »Kon'nichiwa.« Han undskyldte for sin dårlige udtale.

»Han er britisk,« sagde drengen, og da han gjorde det, rynkede den ældre kvinde på næsen.

Alfred blev overrasket over, hvor godt den unge dreng talte engelsk. »Ah, du taler engelsk. Og ja, det er jeg. Det er klogt, at du har bemærket min accent.«

Drengen kiggede på kvinden, før han talte denne gang. Hun nikkede.

»Far og mor er på arbejde,« sagde han. »Dette er min Sobo« (som oversat betyder bedstemor) «og mit navn er Haruto.«

»Hej,« sagde kvinden, også på engelsk. »Du burde komme tilbage senere.«

»Mit navn er Alfred. Må jeg kalde dig Haruto?«
Drengen nikkede og spurgte så kvinden: «Hvad skal
jeg kalde dig?«

»Sobo,« sagde hun, «alle kalder mig Sobo, for jeg er
Harutos bedstemor, og jeg er alles bedstemor. Han er
glad for at dele mig.«

Alfred nikkede: »Jeg er meget glad for at møde jer
begge to.«

»Har Rosalie sendt dig?« spurgte drengen.

»Kan du huske Rosalie?« spurgte Alfred. Han var
superglad for, at de havde denne forbindelse - selv om
det kunne have sparet ham for nogle bekymringer,
hvis han på forhånd havde vidst, at Haruto kunne tale
engelsk. Ikke desto mindre besluttede han at følge
kvindens råd og rejste sig for at gå.

»Min far arbejder i nærheden,« sagde Haruto.

»Jeg er nødt til at finde et sted at bo. Kan du anbefale
et sted i nærheden?«

Harutos bedstemor gav Alfred en adresse med
anvisninger på, hvordan man kunne komme dertil til
fods.

»Jeg ringer til vores ven, som bestyrer hotellet. Han
vil hjælpe dig med at finde dig til rette, og du kan slutte
dig til min søn senere på caféen.«

»Tak,« sagde Alfred.

Turen til hotellet var kort, og han nød den friske luft. Han smagte endda på noget japansk græs, som smagte ret godt, og han tog også et par slurke fra springvandene.

Værelset var lille, men havde alt, hvad han havde brug for, og det var usædvanligt rent og veludstyret. På hans natbord stod en lampe med en ugle på foden. Han klikkede på den og slukkede den og lagde mærke til, hvordan øjnene lyste op. Han tog et bad, skiftede til en anden butterfly og gik derefter hen til den café, hvor han skulle møde Harutos far.

Hans telefon summede; det var en besked fra E-Z igen.

»Hvordan går det i Japan?«

»Fint,« skrev han tilbage og brugte sit næb til at skrive med. »Jeg har mødt Haruto og hans bedstemor. De taler engelsk. Han er meget genert, men kendte Rosalie. Han var bemærkelsesværdigt ung - måske fire eller fem. Det kan blive svært at overbevise hans familie om at lade ham komme til Nordamerika.«

»Rosalie vidste, at han havde kræfter - men ja, det er yngre, end jeg troede, han ville være,« sagde E-Z. »Det er godt, at de taler engelsk. Hvor er du nu?«

»Jeg er på vej til en café for at møde Harutos far. Forresten tror jeg ikke, Rosalie havde tid til at opdatere eller færdiggøre sine noter om Haruto. Hun omtalte ham som en baby.«

»Jeg ved ikke, hvor bekymrede vi skal være på nuværende tidspunkt, men jeg læste på nettet, at Furierne kan antage enhver form. Jeg deler bare informationen. Da vi ikke kan genkende dem, skal vi være forsigtige, hvis de finder ud af noget om os.«

Alfred sendte en emoji med tommelfingeren opad.

»Jeg er nødt til at gå nu,« sagde E-Z.

KAPITEL 3
DÅRLIGE DRØMME

E-Z SOV OG VAR vågen. Det vil sige, at han kunne se loftet over sin seng og mærke madrassen, der støttede hans ryg. Og alligevel skreg tre banshees i hans hoved:

»Fortæl os, hvor du er!«

»Fortæl os det!«

»Fortæl os det NU!«

»Noooooooooooooo!« skreg han.

Så var der et spejl i loftet over hans hoved. Men den person, der blev reflekteret tilbage i det, var ikke ham selv. I stedet var det hans onkel Sam. Og i spejlet skreg hans onkel Sam og vred sig i smerte.

»Onkel Sam er i vores hule!« skreg den første heks.

»Og han kommer aldrig ud igen!« skældte de to andre ud i kor.

Så brød de tre ud i en slags latter, som han aldrig havde hørt før. Lydene var hyæneagtige, gutturale, dyriske.

»Tal!« forlangte de onde hekse, og de prikkede og stak til onkel Sam, som om han var et stykke kød, der skulle tilberedes før bagning.

»E-Z,« sagde onkel Sam med en stemme, der rystede, som om hans krop var i hans spejlbillede. »Uanset hvad de vil have, så lad være med at give dem det. Uanset hvad de gør ved mig, må du ikke give efter.«

»Hvis du gør ham fortræd,« sagde E-Z, «vil jeg...«

»Fortæl os, hvor du er, hvor de alle sammen er, så lader vi ham gå,« sang de sammen med en stemme, der ikke ville have virket malplaceret i Hades.

»Vi har bare brug for et spor eller to,« sagde den anden.

»Fortæl os, hvem der er hvem,« sagde den første.

»Ellers fjerner vi du ved nok hvem,« sagde den tredje.

Og så grinede de. Deres stemmer i hans hoved fik det til at gøre så ondt. Men han drømte bare. Han var nødt til at vække sig selv - NU.

»Ahhhhhhhhhhhhhhhhhh!« råbte onkel Sam.

Mere latter.

E-Z vågnede og indså hurtigt, at han var i Australien sammen med Lachie og ikke hjemme i sin egen seng. Han tjekkede sin telefon, men havde kun én bjælke. Han ville blive ved med at tjekke, indtil han havde nok streger til at ringe til onkel Sam. For at sikre sig, at han var okay. At det havde været et mareridt og ikke andet.

Under træhytten kunne han høre Lachie bevæge sig rundt. Sikkert i gang med at lave morgenmad. Det var godt at se den unges liv. Hvordan han havde samlet sig selv igen efter alt det, han havde været igennem. Mennesker er ret bemærkelsesværdige.

Det, Lachie lavede, duftede godt, og hans første indskydelse var at flyve lige derned og fortælle ham om sit mareridt. Men noget i hans baghoved sagde ham, at han skulle holde det for sig selv - indtil videre. Furierne kunne jo umuligt vide, hvor han boede. Hvor de alle boede. Han tjekkede bjælkerne på sin telefon igen - denne gang ikke engang én bjælke. Han stoppede den i lommen og fløj ned.

»Har du sovet godt?« Spurgte Lachie og øste væske op i en skål fra en gryde, der stod over et bål.

E-Z tog imod den. »Jeg havde en underlig drøm, men ellers ja. Der er dejligt deroppe. Tak, fordi du er så imødekommende.«

»Det gør ikke noget. Der er masser af ånder herude. Og ukendte lyde for dig. Hvis du har lyst til at tale om drømmen, er du velkommen,« sagde Lachie.

»Måske senere.«

»Okay, gå bare i gang. Jeg håber, du kan lide svampe.«

»Jeg elsker dem,« sagde E-Z, mens han hældte en stor skefuld af den varme, dampende suppe i munden. »Den er rigtig god.«

»Åh, vent lidt, jeg glemte spjældet - det er brød.« Han åbnede noget aluminiumsfolie, som lå i midten af bålstedet, rev det i stykker og gav E-Z den første del.

»Det er det bedste brød, jeg nogensinde har smagt! Hvordan har du lært at lave mad på den måde?«

»Nogle lokale lærte mig det. Jeg er glad for, at du kan lide det.«

De sad stille, mens solen smilede ned til dem fra højt oppe på himlen. E-Z prøvede at lade være med at tænke på sit mareridt. Han trak telefonen op af lommen og tjekkede bjælkerne igen. Kun lige akkurat én. Han elskede teknologi - når den virkede.

»Nu hvor din mave er fuld, så lad os tale om, hvorfor du er her,« sagde Lachie. »Mest af alt, hvordan jeg kan være til hjælp.«

E-Z sagde ikke noget, i stedet kiggede han på sin telefon igen med et håbefuldt hjerte. Lachie så ikke ud til at være generet af det, da han rev endnu et stykke dæmper af. Til sidst tog han sig sammen og koncentrerede sig om det, det handlede om.

»Undskyld, mine tanker var en million kilometer væk.«

»Det er ikke noget problem. Vil du have mere dæmper?«

»Nej, jeg har det fint. Jeg vil først og fremmest gerne vide, hvad Rosalie har fortalt dig om os tre. Jeg mener, Alfred, Lia og jeg.«

»Ja, hun fortalte mig alt om jer tre. Det var, som om hun var lige her hos mig og fortalte mig en godnathistorie. Jo mere hun sagde, jo mere fik jeg lyst til at møde jer og hjælpe jer.«

»Jeg er glad for at høre, at du gerne vil hjælpe. Men lad mig fortælle dig om detaljerne, før du forpligter dig. Det bliver ikke nogen nem vej for nogen af os.«

»Jeg er ikke bange for en udfordring,« sagde Lachie. »Hvad har Rosalie fortalt dig om mig?«

»For at være ærlig fortalte hun mig ikke meget, men jeg læste om dig på nettet. Fandt du nogensinde ud af, hvad der skete med dine forældre?«

»Nej, og det vil jeg heller ikke. Jeg er lykkelig her, selvforsynende. Jeg har ikke brug for nogen.«

»Alle har brug for venner,« sagde E-Z.

»Måske.«

»Har Rosalie fortalt dig om Furierne?«

»Nej, men hun sagde, at du en dag ville kalde på mig, når du havde brug for min hjælp til at bekæmpe det onde. Og hun nævnte Furierne - som jeg allerede havde hørt om.«

»Er det rigtigt? Hvad hørte du?« spurgte E-Z.

»De oprindelige folk, som jeg lærer noget nyt af, hver gang jeg er sammen med dem, ved alt om The Furies. De er gået efter de oprindelige, forsøger at straffe dem og skubber dem væk fra deres land.«

»Lachie rejste sig, hældte vand på bålet og sørgede for, at det var helt slukket.

»Jeg mener, at det onde må eksistere, for at det gode kan overleve - men der må være en form for kodeks - og de følger ikke en kodeks. Alt, hvad de gør, er for at bevare sig selv, og det er ikke en måde at leve på.«

»Det er kloge ord for en dreng på din alder,« sagde E-Z. Da han havde sagt det, følte han sig lidt flov, som om han prøvede for hårdt på at være klog som den ældste af de to. »Jeg tror, du er syv eller otte år, har jeg ret?«

»Det tror jeg, men min rigtige alder er jeg ikke sikker på. Da de fandt mig, kunne de ikke bevise det. Når min stemme begynder at ændre sig, får jeg nok en bedre idé.« Han griner.

»I mellemtiden kan du vælge din egen alder,« foreslog E-Z.

»Ligesom jeg valgte mit eget navn,« sagde Lachie. »Uanset hvad du har brug for mig til, er jeg med.«

»Det, der sker med The Furies, er, at de bruger internettet. Du kender til internettet, ikke?«

»Ja, det gør jeg. De har wi-fi på biblioteket. Jeg elsker at læse. Mytologi er ret fedt. Også sci-fi.«

»Furierne bruger online multiplayer-spil til at fange børnene. De fleste børn spiller spil, også jeg,« sagde E-Z.

»Spil er tidsrøvere,« sagde Lachie. »Det er, hvad de indfødte lærere lærte mig. Livet er for kort til at spilde med formålsløse distraktioner.«

»Alle elsker dog spil,« sagde E-Z. »Jeg kunne give dig tal fra hele verden, men det vigtigste er, at The Furies udnytter dette fænomen. Det er, som om alle børn, der spiller, har givet dem adgang til deres hjerter og hjerner.«

»Hvordan det?«

»For at stige i niveau i spillet skal du gennemføre en række opgaver. Det er den eneste måde at komme videre på i spillet. Hvis du ikke gjorde det, du blev bedt om, ville der ikke være nogen grund til at spille spillet. Og alligevel er det, du bliver bedt om at gøre, mange gange i strid med loven i det virkelige liv.«

»I strid med loven! Som hvad?« Spurgte Lachie.

»Som at slå ihjel.«

Lachie rystede på hovedet.

»Det er et spil, så man gør, hvad der skal til for at komme videre til næste niveau.«

»Okay, jeg tror, jeg er ved at forstå det. Furiernes mandat var at straffe dem, der begik forbrydelser og ikke blev straffet. De fordrejer det mandat for at skade børn, der spiller et imaginært spil.«

»Det er rigtigt, Lachie. Lige præcis. Og når børnene dør, stjæler de deres sjæle.«

»Hvorfor det?«

»Har du nogensinde hørt om sjælefangere?«

»Nej,« sagde Lachie.

»Når du dør, har din sjæl et sted, hvor den kan hvile for evigt. Det kaldes en sjælefanger. Men det er ikke meningen, at de her børn skal dø, når furierne tager dem, så der er ingen sjælefanger, der venter på dem.«

»Hvordan ved du alt det her?« spurgte Lachie.

»Ærkeenglene ikke bare fortalte mig det, men viste mig det også. Jeg var i min sjælefanger et par gange. De kaldte mig derhen. Jeg vidste ikke engang, hvad den hed, før alt det her kom frem. Det er ikke meningen, at mennesker skal bekymre sig om det. De fleste tror, at vi kommer i himlen eller helvede.«

»Hvis din sjælefanger var klar, og du kun er et barn, hvorfor er deres så ikke klar?«

»Godt spørgsmål. Det havde jeg ikke tænkt på før. Jeg gik vel ud fra, at jeg var en særlig omstændighed,« sagde E-Z. »Men jeg ved, at ærkeenglene har ødelagt noget. Noget, de ikke vil tale om. Måske er det derfor, de har brug for vores hjælp til at ordne det.«

»Men hvordan gør de det? Det er det, jeg ikke forstår.«

»De har bøjet reglerne i håb om at få kontrol over alle sjælefangere. Når vi dør, er det meningen, at vores sjæle skal ind i en, der venter på os, når vi dør. Det er ikke meningen, at de skal kunne overdrages. Hvis de kontrollerer dem alle, vil alle sjæle ikke have noget sted at tage hen. Det vil skubbe livet efter døden ud i kaos. Så nu, hvor du har hørt det hele - er du stadig med?«

»Ja, helt sikkert. Desuden er der ikke noget bedre at lave herude. Jeg skal nok blive et interessant eventyr.«

»For at være hundrede procent ærlig,« sagde E-Z, «så bliver det ikke let. Og du kommer til at sætte dit liv på spil sammen med os andre. Men vi vil støtte hinanden.

»Vi skal nok vinde!«

»Det håber jeg virkelig, men først skal vi finde ud af, hvordan vi kommer derhen. Onkel Sam har nogle flybilletter til os. Vi skal bare hente dem i den nærmeste internationale lufthavn. Han har reserveret dem.«

»Det er ikke nødvendigt!« sagde Lachie. »Jeg har min egen transport.« Han stak sine to fingre ind i munden og fløjtede.

I et par minutter skete der ingenting.

»R--R--R--RRRRRRRRRRRR.»«Hv-hvad var det?« spurgte E-Z.

Lachie stod helt stille, mens træerne skiftede og bevægede sig i en hvisken.

Dernæst hørte E-Z vinger baske. Ud fra lyden at dømme havde det, der kom, gigantiske vinger.

Så brød væsenet gennem træernes løv. Det ville ikke have været malplaceret i nogen af Harry Potter-filmene.

»Er det en drage?« spurgte E-Z.

»Det er en Aussiedraco,« sagde Lachie. »Også kendt som en pterosaurus, så han er lokal.« Til dragen sagde han: »Goddag, makker«, og så gik han hen for at hilse på den. Det store skællede væsen sænkede hovedet. Lachie klappede den og sprang så op på ryggen af den.

»Kom nu, E-Z, hvad venter du på?«

»Øh, jeg har min egen transport.«

Lachie kastede hovedet tilbage og grinede.

»HAR-HAR-R-R!«

skabningen stemte i.

»Han hedder Baby,« sagde Lachie. »Hop op, for Baby vil gerne køre dig en tur, og hvad Baby vil have, får Baby.«

»Men min stol!«

Baby rakte sin lange hals ud og samlede E-Z op. Uden stol kastede han ham om på ryggen. E-Z greb fat i Lachie, mens Baby sprang op i luften.

»Pas på træerne!« råbte E-Z.

Lachie og Baby grinede.

De fløj af sted over kilometervis af rødt sand.

Snart følte E-Z sig ikke længere bange.

De fløj over flere klippeformationer, hvoraf den ene lignede Homer Simpson, der lå ned. Derefter så de Uluru, den enorme røde monolit.

De brugte hele dagen på at flyve hen over Australien og se på seværdighederne.

»Vi må hellere komme tilbage,« sagde Lachie. »Vi har brug for en god nats søvn, før vi tager til Nordamerika og møder resten af holdet.«

»Det lyder som en god plan,« sagde E-Z, som nu nød turen mere og mere og ønskede, at den aldrig ville slutte. Han ville ikke falde, han havde vinger, hvis han fik brug for dem - men han vidste én ting med sikkerhed: At flyve på Baby var livet.

Han spekulerede bare på, hvor han skulle gøre af hende, når de kom hjem igen. Dragen var for stor til at komme ind i garagen. Det problem ville han løse, når han kom over broen. Hvis han og Lille Dorrit blev venner, kunne de måske sove sammen?

»Du skal ikke bekymre dig om mig,« sagde Baby.

E-Z kiggede dobbelt.

»Øh, ja, jeg kan læse tanker. Ikke hele tiden og ikke alles,« sagde Baby. »Jeg finder selv ud af, hvordan jeg skal sove. Og hvad angår Lille Dorrit, så plejer enhjørninger og drager ikke at kunne enes - men jeg er villig til at give det en chance.«

Baby satte dem af og fløj ud i natten.

E-Z huskede det med onkel Sam, men han var for træt til at gøre noget ved det. Han ville ringe til ham i morgen tidlig. Selvfølgelig ville alt være i orden.

KAPITEL 4
OZ-AFGANG

DEN FØLGENDE MORGEN, MENS E-Z og Lachie gjorde sig klar til at rejse, sludrede de og lærte hinanden bedre at kende.

»Jeg skal lade min telefon op og ringe til min onkel Sam. Jeg vil gerne lave et pitstop for at gøre begge dele, før vi forlader Australien.«

»Det er ikke noget problem, for jeg vil også gerne hente nogle forsyninger. Vi kan gøre det hele på samme tid. Jeg køber ind, og du kan oplade din telefon og ringe til din onkel. Er der noget, jeg bør vide?«

»Bare en mærkelig drøm, jeg havde. Det giver mig lyst til at se til ham, så jeg ikke bekymrer mig unødigt.«

»Fair nok,« sagde Lachie, mens han lagde nogle madlavningsartikler væk, så de var i sikkerhed, indtil han kom tilbage. »Jeg kommer til at savne det her sted.«

»Det ved jeg godt, og også dine venner, men du får nye venner, og alle vil få dig til at føle dig hjemme. Desuden er du tilbage, før du ved af det.«

»Det er det, der bekymrer mig. Hvad hvis jeg ikke har lyst til at komme tilbage? Hvad hvis jeg vænner mig til at have folk omkring mig? Til at blive forkælet med bekvemmeligheder?« Han holdt en pause, da to skjalde landede, en på hver af hans skuldre. Fuglene hakkede ham let i ørerne, som om de hviskede til ham. Lachie smilede, og så fløj de af sted.

»Hvad sagde de?« Spurgte E-Z.

»Øh, ikke rigtig noget. De sagde bare, at de elsker mig, og at de kommer til at savne mig.« En ravn fløj ned og landede på hans skulder. »Det er min ven Erroll.«

»Hyggeligt at møde dig, Erroll,« sagde E-Z. »Øh, hvordan blev I to venner?«

Lachie grinede. »Sjovt, at du spørger om det. Errols har eksisteret i meget lang tid. Faktisk var hans bedstefar mange gange kæledyr for en, der kunne være din fjerne slægtning. Hvis du altså er i familie med Charles Dickens?«

E-Z lænede sig ind og nikkede. Lachie havde helt sikkert hans fulde opmærksomhed nu.

»Charles Dickens havde en ravn som kæledyr, der hed Grip. Ifølge de historier, der er blevet fortalt gennem årene, var det Grip, der inspirerede Edgar Allan Poe til at skrive sit mest berømte digt, Ravnen.«

»Wow, det er så sejt!« udbrød E-Z.

»Fugle er superintelligente. Det samme er de ældste indfødte, som tog mig under deres vinger, da jeg først ankom til Outbacken. De lærte mig at læse og skrive og at lave mad. De lærte mig også at genkende og undgå giftig flora og fauna.

»Jeg lærer noget hver dag af de væsener, jeg møder og taler med. De siger, at i gamle dage kunne alle tale med dyr - ikke kun mig - men noget ændrede sig. De tror, at det skete i vores hjerner, men det, der skete med alle andre, skete ikke med mig.«

»Hvordan vidste de, at du var anderledes?«

»De siger, at de hørte om mig, da jeg blev født, og da jeg blev drengen i kassen. Allerede før jeg blev født, fløj rygterne om mig rundt i hele verden. De havde ventet på mig, det var, hvad de fortalte mig i lang tid.«

»Hvor længe?« spurgte E-Z.

»Jeg vil ikke lyde storsnudet, men de siger, at Mozart kendte til mig - han havde en stær som kæledyr og levede i det 17. århundrede. Det er af nyere dato. Før ham kan det spores tilbage til Vergil i 70 f.v.t. Vidste du, at han havde en flue som kæledyr?«

»Er det rigtigt? En flue - et kæledyr?«

»Jeg har talt med en buskflue, som var i familie med Vergil - han hed Leonard, eller kort og godt Leo, og han bekræftede det hele.« Lachie samlede en potte op og gemte den i buskene sammen med nogle andre ting. »Jeg har også talt med Andrew Jacksons papegøjes slægtning. Jacksons fugl hed Pol - det var en gave til hans kone - og var en han, men da hans slægtning var en hun, hed hun Polly. Hun havde en mærkelig sans for humor!«

»Det lyder sådan. Jeg håber, vi kan tale mere sammen, men jeg er nødt til at spørge dig om dine særlige kræfter - og vi skal snart af sted, hvis du altså har gemt alting godt af vejen.«

Lachie nikker: »Helt sikkert. Jeg er næsten klar. Jeg skal bare lige sikre et par ting mere. I mellemtiden kan du jo fortælle mig om dig selv først.«

»Du har jo allerede set mig og min stol i aktion - ja, vi kan flyve. Min stol har særlige kræfter, udover at flyve kan den også fange forbrydere, og den har smag for blod. Vi er et par, min stol og jeg, ligesom Batman og hans batmobil.«

»Sejt!« Sagde Lachie. »Men det er lidt underligt med det der blod.«

»Spild ikke, vil ikke, jeg ved ikke, hvem der sagde det, men min stol ser ud til at være enig. I stedet for at lade det dryppe ned i jorden, suger den det op.

»Vores første redning var en lille pige - vi reddede hende fra at blive ramt af et køretøj. Så reddede vi et fly fuld af passagerer. Jeg vil ikke prale, og jeg er sikker på, at du forstår essensen. Ved at hjælpe andre opdagede jeg, at jeg er superstærk nu, og det er min stol også. Og så er vi blevet skudsikre.«

»Du mener, at folk har skudt på jer?«

»Ja, vi har haft et par situationer med våben. Nu er det din tur.«

Min mest fantastiske evne er, som du allerede har set, at jeg kan tale med alle slags væsener. I går, da du troede, at du talte med Baby, gjorde du det faktisk på en måde, men hvis jeg ikke var her, ville hun tale volapyk. Hun kommunikerer med dig gennem mig. Jeg er som et netværk, et sikkerhedsnetværk. Jeg kan lukke det ned eller åbne det op, alt efter hvad jeg beslutter.

»Da jeg var i buret, plejede dyrene at sidde udenfor og pludre løs. Nogle gange troede jeg, at de kommunikerede med mig, men så tænkte jeg, at jeg måske var ved at blive skør. Engang fløj en kakerlak ind gennem tremmerne i mit bur og sagde, at den kunne hjælpe mig med at komme ud, hvis jeg ville have det.

»Føj, jeg hader kakerlakker. Men jeg har aldrig hørt om flyvende kakerlakker.«

»De er faktisk ret kloge og har et enormt overlevelsesinstinkt - jeg mener, de vil spise hvad som helst.«

»Ærgerligt, at de ikke spiste dem, der puttede dig i den kasse.« E-Z tænkte sig om et øjeblik. »Hvorfor lod du ham ikke prøve at redde dig? Jeg mener, du havde jo ikke noget at miste.«

»Hvad er det gamle ordsprog, der siger, at det er bedre at kende djævelen?«

»Det forstår jeg godt, så du var ikke bange for dem, der holdt dig fanget?«

»Det var ikke rigtig en kasse - det var et bur. Men det lyder bedre, hvis de kalder det en kasse. Desuden gjorde de mig aldrig noget. De gav mig mad og vand.

Udskiftede avisen. Og jeg så faktisk aldrig, hvem de var, for de havde masker på.«

»Jeg forstår ikke, hvorfor de holdt dig der til at begynde med.«

»Det tror jeg aldrig, jeg får at vide. Og jeg blev ikke hængende for at få svar, da de lukkede mig ud.«

»Hvordan gik det?«

»De indrettede et værelse til mig i det samme hus. Sendte en sød dame med for at passe på mig. Jeg gik aldrig uden for huset. Det var for skræmmende for mig.«

»Var du i stand til at tale? Jeg mener, hvis du var i et bur for evigt, har du så minder fra før? Om dine forældre?«

»Jeg kan ikke lide at tale om det. Fortiden er fortiden. Jeg kan ikke ændre den. Jeg ser altid fremad. Men jeg blev ikke født i et bur. Nogle gange tror jeg, at jeg kan huske, at jeg gik i skole. Men det kan have været en drøm. Nogle dage er det svært at se forskel på de to.«

E-Z mindede sig selv om at ringe til Uncle Sam.

»Hvordan endte du så her, hvor du bor sammen med dyr og er 100 procent selvhjulpen? Jeg går ud fra, at du ikke savner mennesker?«

»Man kan ikke savne det, man ikke kan huske. Hvad angår dyrene, så valgte jeg ikke dem, de valgte mig. De kom til huset, som om de vidste, at jeg ikke var i buret længere, og de ventede på, at jeg skulle komme ud. De vidste allerede, at jeg kunne tale med dem, forstå dem - men jeg vidste ikke, at jeg kunne, før jeg prøvede. Så åbnede en hel verden sig for mig, og jeg var nødt til at være en del af den. Jeg var ikke længere alene. Det var der, de tilbød at tage mig væk og beskytte mig. Nu er du opdateret med Lachie-historien.«

»Det er en fantastisk historie. Så at tale med dyr. Er der andet, du har opdaget?«

»Ja, det er der. Men det er ret nyt.«

»Fortæl mig om det.«

»Det er bedre, hvis jeg viser dig det.«

»Okay,« sagde E-Z.

Han så, hvordan Lachie rejste sig og gik hen til et eukalyptustræ i nærheden. Han stod stille ved siden af træet et øjeblik, så trådte han et skridt frem, så han stod foran træets tykke, vejrbidte stamme. Så var han væk.

»Hvad i alverden?«

Lachie bevægede sig over på den anden side af træet og derefter tilbage igen mod stammen.

»Nå, så du er usynlig?«

»Nej, se nærmere efter.« Han trådte væk fra træet. »Hold øje med mine øjne.«

Det gjorde E-Z, og han kunne se Lachies øjne i træstammen, men han kunne ikke se Lachie. »Vent lidt,« sagde E-Z. »Nu forstår jeg det. Det er camouflage - du er en kamæleon. Wow!«

Lachie grinede og vendte så tilbage til sin plads.

»Hvordan opdagede du det? Det er en virkelig sej evne. Du kan passe ind næsten hvor som helst, og ingen vil nogensinde opdage det!«

»Efter at have levet med væsner i et stykke tid - uden at se nogen mennesker - kom der en dag en flok vandrere forbi her. Jeg løb for at klatre op i et træ og gemme mig, men havde ikke tid nok - så jeg stoppede bare op mod en træstamme og stod stille. De gik lige forbi mig, som om jeg ikke eksisterede. Jeg kunne ikke forstå det. En fugl landede på min skulder, og en slange kravlede op ad mit ben. De kunne se mig, men det kunne mennesker ikke. Da vidste jeg, at jeg var en kamæleon.«

»Hvordan føles det? Jeg mener, når du går i camouflagetilstand?«

»Det føles ikke som noget anderledes. Det sker bare.«

»Fedt nok. Vil du vide noget om resten af holdet, og hvilke færdigheder de har?«

Lachie nikker.

»Du vil kunne lide Lia. Hun er seende. Hendes øjne er i hendes hænder, og hun kan se nuet, ind i nogle menneskers sind, og hun kan få et glimt af fremtiden, hvad der kommer til at ske nogle gange. Den del af hendes kræfter ser ud til at vokse. Der er selvfølgelig også det med alderen. Da vi mødtes første gang, var hun syv, og nu er hun tolv.«

»Det er virkelig sejt,« sagde Lachie. »Og jeg hører, at hendes mor og din onkel Sam er ...«

»Har du noget imod, at vi går? Bare det at høre Sams navn får min angst til at vokse igen.«

»Bare rolig,« sagde Lachie. Han fløjtede, og Baby kom, og så fløj de til den nærmeste by, hvor Lachie hentede et par ting, E-Z satte sin telefon i opladeren, og da den var opladet nok, ringede han straks til Sams nummer.

Der var ingen, der svarede, i stedet gik opkaldet direkte til Sams telefonsvarer. Han prøvede

Samanthas telefon, og hun svarede med det samme. »Hej, det er E-Z, er onkel Sam tilgængelig?«

»Selvfølgelig E-Z, bare et øjeblik.« Lidt hvisken. »Hej, knægt,« sagde Sam. »Hvor er du nu, flyver du over havet endnu?«

»Øh, jeg tjekker bare, at alt er i orden med dig,« sagde E-Z. »Hvis ja, så sig venligst kodeordet.«

»Svampebob Firkant,« sagde onkel Sam.

»Åh, gudskelov,« sagde E-Z. »Jeg havde en underlig drøm om, at The Furies havde dig.«

»Ah, vi har nogle venner på besøg, og vi er lige ved at være klar til at sætte os ned og dyppe nogle ting i fonduerne. Vi har chokolade med frugt, ost og grøntsager og ost med brød og kød. Det er noget af et udvalg, og vi har flere slags vin. Tvillingerne er allerede nede for natten.«

»Øh, det lyder...«

»Jeg er nødt til at gå, E-Z, vi ses snart. Pas godt på dig selv.«

»Min onkel har det fint, og de skal have en fondue - det lyder som lidt af en fest.«

»Hvad er en fondue?« Spurgte Lachie.

»Det er en gryde, hvor man smelter ting, og så dypper man andre ting i det. Som at dyppe jordbær i chokolade og brødstykker i ost. Og du har ret, de er gift nu, og de har fået tvillinger for nylig, så huset er ret fuldt og larmende.«

»Åh, det lyder lækkert,« sagde Lachie.

Med E-Z's telefon fuldt opladet og Lachies forsyninger sikkert gemt væk på Babys ryg fløj parret ud af Australien. De chattede, mens de fløj. Efter flere timer, hvor de ikke havde set noget af interesse, og med knurrende maver gjorde de sig klar til at lande for at få mad og gå på toilettet.

»Vi bliver alligevel snart nødt til at lande for at få noget frokost - desuden er jeg allerede hundesulten! Og tillykke i øvrigt!«

»Tak for det! Vi kan stoppe på Hawaii og få cheeseburgere og pommes frites,« foreslog E-Z.

»Jeg vidste ikke, at hawaiianerne specialiserede sig i burgere og fritter.«

»De er en del af USA, så cheeseburgere og pommes frites - for ikke at tale om tykke shakes - er fremragende traditionel mad, som du kan prøve, og jeg garanterer dig, at du vil elske dem.«

»Jeg spiser ikke kød. Køer er også mennesker.«

»De har noget vegetarisk, det er stadig en cheeseburger, og du vil elske den. Du har vel ikke noget imod at drikke komælk, vel?«

»Nej, det har jeg ikke.«

»Okay, stol og baby - lad os tage hen til den nærmeste cheeseburger, som også serverer vegetariske burgere,« foreslog E-Z, mens hans knurrende mave gav sig til kende.

»Videre!« råbte Lachlan, mens Baby ledte efter et passende sted at lande.

KAPITEL 5
BRANDY

LIA OG HENDES ENHJØRNING som rejsekammerat, Lille Dorrit, fløj gennem skyerne.

Lia satte pris på sin flyvende følgesvends yndefulde, men hurtige bevægelser. Sammen opfandt de en leg, som de kaldte Jump the Clouds. Alt efter hvilken type sky, der var tale om, hoppede de enten over, under eller igennem den. Det var sjovest at gå igennem den.

»Jeg elsker, når vi er inde i skyen,« siger Lia. »Jeg rækker ud for at røre ved den, men der er ikke noget.«

»Det ser ud til, at vi skal til indkøbscentret nedenunder,« sagde Lille Dorrit, før hun udførte et tredobbelt spring og gik over, så under og så gennem den samme sky.

»Weeeeeeee!« udbrød Lia.

»Tak, tak,« sagde enhjørningen, mens hun pegede nedad.

»Shopping, hva'?« sagde Lia, mens hun undersøgte det. Det var et stort indkøbscenter, næsten en hel blok langt. »Jeg håber ikke, jeg får brug for mange penge, men mor gav mig sit kreditkort, hvis jeg skulle få brug for det.«

»Brandy står i gangen i købmandsbutikken og fylder en vogn for at få tiden til at gå. Vi må hellere skynde os, ellers vil hendes mor snart lede efter hende,« sagde enhjørningen.

»Det er virkelig sejt, at du kan finde ud af, hvor hun er på den måde. Jeg glæder mig til at møde hende og finde ud af mere om hendes kræfter,« sagde Lia og lagde armene om Lille Dorrits hals for at forberede sig på landingen. »Jeg har altid gerne villet have en storesøster, så det her er måske min eneste chance.«

»Fløjt, når du har brug for mig,« sagde Lille Dorrit, da Lia steg af, «så mødes vi lige her.«

Lia gik ind i centret gennem svingdørene. Med det samme så hun en pige, som hun håbede var Brandy, skubbe en vogn i købmandsbutikken. Baseret på Rosalies beskrivelse måtte det være hende.

Pigen var afslappet klædt i en grå hættetrøje. Den var delvist lynet, men åben nok til at afsløre en rød I Love Music-t-shirt nedenunder. Hendes sorte jeans havde mærkater med musiknoter på lommerne. Hendes lærredsløbersko havde samme farve som t-shirten.

Lia betragtede pigen et øjeblik, før hun gik hen imod hende. Hun følte sig lidt intimideret. Som om hun skulle møde en berømthed. I hendes hoved udstrålede Brandy stil og coolness.

Mens Lia nærmede sig, forestillede hun sig, at de snart ville blive bedsteveninder. De ville besøge indkøbscenteret sammen. Shoppe tøj sammen. Måske ville Brandy endda hjælpe hende med at vælge noget nyt, amerikansk tøj.

»Hvad glor du på, knægt?« Brandy spurgte i en tone, der ikke var særlig venlig eller søsterlig. Så slog hun Lias hænder væk med et slag.

»Det er meget uhøfligt,« udbrød Lia. »Er der ingen, der har lært dig gode manerer?« Hun vendte ryggen til den seje pige. Hun holdt vejret, talte til ti og vendte sig så mod hende igen. »Rosalie ville skamme sig over dig.«

»Kender du Rosalie?«

»Ja, jeg hedder Lia, og jeg kan ikke se dig uden mine øjne, som er i mine hænder.« Lia løftede sine arme igen.

»Wow!« udbrød Brandy. »Jeg troede, jeg var underlig, men knægt, jeg mener, Lia, du tager kiks.« Hun stak hænderne i lommerne. »Men enhver ven af Rosalie er en ven af mig.«

»Øh, tak,« sagde Lia. »Er der et sted, vi kan tage hen og snakke?«

»Jeg kan ikke sige, hvad du og jeg har til fælles - ud over Rosalie,« sagde teenageren, mens hun skubbede vognen videre og efterlod Lia.

Lia kæmpede mod et hulk, men det lykkedes hende at få ordene frem: »Vi har brug for din hjælp, fordi Rosalie er død.«

Brandy stoppede op og tog en dyb indånding, mens en tåre trillede ned ad hendes kind, som hun vendte sig om og børstede væk. »Følg med mig, knægt.« Hun efterlod vognen og alle varerne i den, og de gik hen til en bod inde i indkøbscentret og satte sig ned.

»Jeg vil gerne have et glas vand,« sagde Lia. »Ingen is, tak.«

»Kom nu knægt, lev livet farligt. Hun vil have en Root Beer Float - og gerne to.« Da servitricen var gået, sagde hun: »Du vil elske det, bare rolig. Fortæl mig nu mere om, hvorfor du er her, og hvad der skete med den søde Rosalie.«

»For det første, hvad har Rosalie fortalt dig om mig, om os?«

»Ikke noget. Jeg vidste, hvem hun var, og jeg vidste, at hun holdt øje med mig. Først troede jeg, at hun var en engel, fordi hun kunne tale til mig inde i mit hoved, ligesom når jeg bad som lille. Så indså jeg, at hun var en rigtig person, ligesom mig, og nu er hun død. Jeg vil gerne hjælpe med at finde de mennesker, der dræbte hende - hvis det er derfor, du er her, så er jeg med. Sjovt nok tror jeg, at hun er en engel nu, som stadig våger over mig.«

»Det gør jeg også,« sagde Lia. »Præcis.«

»Hvordan skete det så?« Spurgte Brandy. »Hvis det ikke er et ufølsomt emne at spørge om. Jeg synes altid, det er bedst at tale om de særheder, der gør os til dem, vi er. Jeg har mine egne særheder, tro mig. Det har alle.

»Min mor ville skælde mig ud for at stille dig et så personligt spørgsmål. Men jeg kan godt lide at komme til sagen. Har du altid haft øjne på dine hænder? Jeg ville tro, at du ville blive jagtet af journalister og fotografer, folk vil tale med dig, høre og fortælle din historie for at sælge magasiner og aviser.«

»Åh,« sagde Lia, «de fleste mennesker er mere interesserede i berømte fiktive figurer som Harry Potter, end de er i rigtige mennesker. Hvis Harry Potter var virkelig, ville folk undgå ham eller drille ham. Men i hans verden var han helten, så hans ar blev en del af hans historie. Det gjorde ham mere menneskelig for os, så vi kunne identificere os med ham. Men ingen børn ønsker at skille sig ud, for i denne verden bliver forskelle ikke altid værdsat.

»Det er sjovt, hvordan vi kan forholde os til og have empati med fiktive karakterer og ikke genkende de virkelige helte i vores hverdag.«

»Åh, bror,« sagde Brandy, «du er lidt af en klods om benet, er du ikke? Det er som at tale med en tyveårig knægt.«

»Undskyld,« sagde Lia. »Jeg gik fra syv til ti til tolv på kort tid. Jeg fik ikke tid til at tilpasse mig.«

»Det er okay,« sagde Brandy. »Og jeg ville i princippet være enig med dig, knægt, men siden Reality Tv kom i æteren, er vi interesseret i almindelige menneskers liv. Det vil sige almindelige, men rige mennesker som Kardashians. Jeg ser det ikke, men det gør millioner af mennesker.«

Deres drinks ankom. Brandy spiste kirsebærret på toppen af sin først og spurgte så Lia, om hun ville have sin. Da Lia sagde nej, tog Brandy kirsebærret af og puttede det direkte ned i hendes mund. »Tag en slurk. Hvis du prøver den, vil du helt sikkert kunne lide den.«

Lia tog en stor slurk gennem sugerøret, og hendes ansigt lyste op. »Den er virkelig god!« Så rørte hun rundt i isen med sugerøret, mens hun tænkte over, hvad hun nu skulle sige.

»Jeg blev født med øjne, der fungerede fint. Men en ulykke gjorde mig blind, og da jeg vågnede, havde jeg de her øjne, og jeg havde også det, man kalder synet. Jeg kan se, hvad folk tænker, og det var sådan, Rosalie og jeg begyndte at tale sammen. Tiden for mig er ikke, som den er for alle andre, men jeg har ikke sprunget nogen år over i et stykke tid nu. Og når tiden går, kan jeg nogle gange se, hvad der kommer til at ske med mig og andre, du ved, i fremtiden.«

»Vidste du, at Rosalie ville dø, før det skete?«

»Nej, det gjorde jeg ikke. Det kommer og går. Nogle gange virker det slet ikke. Det er ikke hundrede procent pålideligt. Jeg kan i øvrigt ikke læse dine tanker, hvis du skulle være i tvivl.«

»Det er godt. Det ville være meget uhyggeligt at vide, at du kunne læse mine tanker,« sagde Brandy og tog en stor slurk, som ramte bunden af beholderen og gav en ›det er alle folk‹-lyd. »Jeg ville gerne have en til, men jeg gør det ikke,« sagde hun. »Det er bedst at være mådeholden, for hvis vi hele tiden forkæler os selv med de ting, vi tror, vi virkelig gerne vil have, så sætter vi ikke så meget pris på dem.«

»Meget klogt,« sagde Lia. »Du kan få resten af mine, hvis du vil.«

»Det ville være en skam at lade det gå til spilde.«

De to piger var stille i et stykke tid, indtil Brandys telefon vibrerede. »Min mor kommer snart og slutter sig til os.«

»Hvordan ved hun, hvor vi er?«

»Okay, hun har sine metoder, f.eks. en tracker på min telefon.«

»Og det har du ikke noget imod?«

Nej. Jeg er forsvundet et par gange, men er altid kommet tilbage til centret. Det meste af tiden aner hun det ikke. Indtil jeg ringer og beder hende om at komme og hente mig her. Det er normalt hendes første tegn, min sms eller mit opkald. Appen gør dog, at hun ikke behøver at bekymre sig om mig. Det er nok ikke nemt at have en datter, der kan dø og komme tilbage til livet igen.«

Brandys mor ankom, og de præsenterede sig for hinanden. De fortalte hende om Rosalies og Lias historier og opdaterede hende på, hvad de havde talt om indtil nu.

»Hvad havde I to piger tænkt jer?« spurgte hun. »I ser ud til at være ude på noget skidt.«

»Bare det overskydende sukker,« sagde Brandy og grinede. »Lia skulle lige til at fortælle mig, hvad de har brug for mig til.«

»Så du forklarede om din tilbagevendende situation?«

»Kort fortalt. Det var jeg ikke nået til endnu, mor, hun har lige fortalt mig om ulykken, og hvorfor hendes øjne er på hendes hænder.«

Servitricen kom over, og Brandys mor bestilte en kaffe. Hun kom straks tilbage med et krus, som hun fyldte. »Der er gratis opfyldning,« sagde servitricen. »Bare hold dit krus op, når det er tomt, så kommer jeg og fylder det op igen.«

»Tak,« sagde Brandys mor.

»Jeg vil meget gerne høre om det,« sagde Lia og strøg sit hår bag øret. Hun elskede den måde, Brandy og hendes mor talte sammen på. De var meget tætte; det kunne man se på den måde, de blev ved med at røre ved hinanden. Deres nærhed fik hende til at huske alle de gange, hvor hendes mor arbejdede om natten og i weekenden, og hun var nødt til at stole på Hannah, hendes barnepige, til alt. Det var anderledes nu, hvor de var her, og hendes mor var gift med Sam, men de nye babyer så ud til at optage meget af hendes mors tid.

Brandy udbrød: »Første gang jeg døde, var jeg lille. Det var i dette indkøbscenter. Det ene øjeblik var jeg død, det næste var jeg i live igen. Som jeg sagde før, ender jeg altid her. Så meget elsker jeg dette indkøbscenter.«

»Det er sjovt,« sagde Lia.

»Jeg elsker at shoppe!«

»Det gør du!« sagde Brandys mor, da hendes datter kaldte servitricen tilbage og bad om et glas isvand.

»Det skal være to glas vand,« sagde Lia.

Da hun allerede var der, fyldte servitricen Brandys mors kaffekop op.

Lia følte, at det var nu eller aldrig - hun skulle komme til sagen. Det var ved at blive sent, og Lille Dorrit ventede.

»E-Z, som er vores leder, sidder i kørestol, og han kan redde folk, selv fly fyldt med passagerer. Han har superstyrke og -hastighed, og både han og hans kørestol har vinger.

»Alfred er en trompetersvane, og han har ESP, plus at han kan bringe mennesker og væsener tilbage til livet igen. Inklusive dig er der to børn mere, som vi tilføjer til gruppen, plus E-Z's fætter Charles - så vi er syv i alt.«

»Ah, syv heldige,« sagde Brandys mor.

Lia fortsatte: »Når du har hørt det hele, vil du være i livsfare, hvis du indvilliger i at hjælpe os med at bekæmpe Furierne. De er tre onde søstre - gudinder - som dræbte Rosalie.«

»Onde, hva'? At dræbe Rosalie var en fej handling! Hun ville aldrig gøre en flue fortræd!« sagde Brandy.

»Er denne information offentlig?« spurgte Brandys mor. »Det lyder alt sammen så fiktivt.«

»Hvorfor gjorde de det?« Spurgte Brandy. »Hvad får de for at dræbe en sød, gammel kvinde som Rosalie?«

»De bruger børn. Dræber børn,« sagde Lia.

Både Brandy og hendes mor holdt op med at drikke.

»Det er svært at forklare, men jeg skal gøre mit bedste. Når vi dør, er vores sjæle bestemt for vores ventende sjælefangere - vores evige hvilested. Hver af os har vores egen unikke Soul Catcher - så vi kan aldrig dø. Vores sjæle lever videre. Det er ikke den himmel, vi forestillede os, men den er virkelig, og furierne dræber uskyldige børn - og anbringer dem i sjælefangere, som tilhører andre mennesker.

»Da Rosalie døde, havde hun faktisk ikke noget sted at sende sin sjæl hen. Heldigvis var vores venner Hadz og Reiki - de er wannabe-engle - i stand til at fange Rosalies sjæl. De holder den i sikkerhed, indtil vi har elimineret The Furies og bragt orden i tingene igen med alle Soul Catchers. Når vi har elimineret dem, vil ærkeenglene tage over og rette op på det rod, de har forårsaget. Alt vil blive normalt igen.«

»Jeg troede, at ærkeengle var skurke,« sagde Brandy. »Hvordan ved vi, at vi kan stole på dem? Og hvorfor vil vi hjælpe dem?«

»Det er meget at bede jer om, børn,« sagde Brandys mor.

»Det er en meget lang historie. Den kan vi fortælle jer med tiden. Men lige nu er vi nødt til at komme tilbage til hovedkvarteret. Det er vores hus. Når vi alle er under samme tag, kan vi forklare det hele og lægge en plan.«

»Jeg er med,« sagde Brandy. »Du havde mig allerede, da du sagde, at de dræbte Rosalie, men nu ved jeg, at de også har dræbt uskyldige børn, så lad mig komme til.« Hun løftede sit vandglas og skålede med Lia.

»Vent,« sagde Brandys mor, «hvis ærkeenglene ikke kan slå den tingest, hvordan kan de så forvente, at I børn kan ...«

»Mor,« Brandy klappede hendes hånd. »Jeg er ikke som andre børn. Det lyder, som om vi er en flok utilpassede med særlige evner, og jeg vil passe lige ind. Det er ikke overraskende, at ærkeenglene ville bede os om at hjælpe dem.

»Rosalie bragte os alle sammen sammen, så vi kan danne et hold. Hvis hun var her, ville hun være sammen med os på holdet. Nu er hun med os i ånden. Sammen bliver vi en styrke at regne med.

»Desuden må vi sørge for, at Rosalie får sit evige hvilested tilbage. Der er en grund til, at alting sker, er det ikke altid dig, der fortæller mig det?«

»Hvad sker der så nu?« spurgte hendes mor.

»Vi er nødt til at være sammen, og E-Z's hus er stort nok til os alle sammen. De andre og Charles Dickens - lang historie - vil møde os der.«

»Ikke DEN Charles Dickens?«

»Den eneste ene, men han er kun ti år gammel. Han ankom og blev opdaget af to detektorister i London, England. Der er en grund til, at han er blevet sendt tilbage til jorden. Udover at han og E-Z er fætre. Han er en af os. Sammen skal vi slå de søstre og rette op på verden igen.«

»Lad os komme af sted!« sagde Brandy. »Mor har min rygsæk i bilen, og den indeholder alt det nødvendige. Jeg har altid en taske pakket for alle tilfældes skyld. Den har været nyttig en del gange. Jeg går ud fra, at der er vaskemaskine og tørretumbler i huset? Og en hårtørrer?«

»Ja, ja og ja,« sagde Lia, og så fløjtede hun.

Brandy og hendes mor holdt sig for ørerne. »Hvad var det for noget?«

»Kom med udenfor, så skal jeg præsentere dig for min veninde Lille Dorrit - hun er en enhjørning - og så kan du hente din taske samtidig.« De gik ud af døren, og hun pegede op mod himlen, hvor enhjørningen var på vej ind for at lande.

»Vent lidt,« sagde Brandy, «skal vi ride tværs over landet på en enhjørning?«

Brandys mor rynkede panden. Hun følte sig svimmel, og hendes ben blev helt overkogte som spaghetti.

»Kom over og klap hende,« sagde Lia. »Lille Dorrit, det er Brandy og hendes mor.«

»Hendes pels er dejlig blød,« sagde Brandys mor.

»Vil du have et lift til din bil?« Spurgte Lille Dorrit.

»Nej tak,« sagde Brandys mor. Så sagde hun til sin datter: »Jeg ved ikke, hvordan jeg skal forklare det her til din far. Måske skulle I alle sammen komme med mig hjem, så vi sammen kan forklare det og beslutte, om du kan tage af sted ...«

»Jeg er nødt til at tage af sted,« sagde Brandy. »Det er min skæbne.« Hun krammede sin mor.

»Ville det hjælpe, hvis du talte med min mor?« spurgte Lia, og uden at vente på svar lynopkaldte hun hende, forklarede situationen og gav sin telefon videre til Brandys mor, som chattede med Samantha og gav den tilbage.

Før de vidste af det, fløj de tre rundt på parkeringspladsen på jagt efter bilen, mens folk nedenfor dyttede, tog billeder med deres telefoner og stødte ind i hinanden med biler og vogne.

»Der er den,« sagde Brandys mor.

Lille Dorrit landede, og hun gled af. »Vent her, så henter jeg min datters taske.«

Hun kom tilbage og kastede den op til Brandy. »Tak for turen,« sagde hun til Lille Dorrit. Til Brandy sagde hun: »Brandy, ring hjem. Hver dag. Ligesom E.T.« Hun gav hende et kys. Og så til Lia: »Det var hyggeligt at møde dig.«

»I lige måde,« sagde Lia, mens Little Dorrit løftede sig fra jorden. »Bare rolig, vi skal nok passe på din datter.«

Brandys mor så dem flyve væk, indtil hun ikke kunne se dem mere. På det tidspunkt havde alle de nysgerrige parkanter fundet noget andet at kigge på, så hun satte sig ind i sin bil og kørte hjemad.

Hun tog den lange vej hjem. Hun var nødt til at tænke over, hvordan hun skulle forklare det hele til Brandys far.

KAPITEL 6
HARUTO

ENALFRED VENTEDE FORAN CAFéEN, indtil ejeren, som havde ventet en ny kunde, kom. Harutos bedstemor glemte at nævne, at kunden var en trompetersvane. Da ejeren så Alfred, tog han ham med til et bord helt nede bagved.

Alfred havde ikke noget imod at være afsides. Faktisk foretrak han det, for der var et skilt, som viste, at der ikke måtte være kæledyr - ikke at svaner blev betragtet som kæledyr i Japan eller andre steder i verden, som han kendte til.

Mens han sad stille og ventede på, at Harutos far skulle komme, brugte han caféens gratis WI-FI og opdagede nogle virkelig seje ting om Japans cafékulturer. Ligesom i Yokohama var der caféer for katteelskere og en for pindsvin.

Et kvarter senere kom en mand ind på caféen. Alfred vidste straks, at det var Harutos far, da han hurtigt gik hen til hans bord.

»Naze watashitachiha daidokoro no chikaku ni iru nodesu ka?« spurgte han caféens ejer (hvilket oversat betyder: hvorfor er vi i nærheden af køkkenet?«

»Kare wa hakuchōdakara!« sagde ejeren, før han bevægede sig væk fra bordet (hvilket oversat betyder: Fordi han er en svane!).

Da han et par minutter senere vendte tilbage med en bakke fyldt med Bubble Tea, sagde ejeren: »Mōshiwakearimasen« (som oversat betyder: Undskyld.)

» Ī nda yo,« sagde Harutos far med et smil (som oversat betyder: Det er okay.)

Alfreds te blev serveret i en skål, der var stor nok til, at han kunne stikke sit næb ned i den. Hans te var iskold - og det var godt, for han ville ikke brænde tungen eller vente længe på, at den skulle køle ned.

»Domo arigato gozaimasu,« sagde Alfred (hvilket oversat betyder: mange tak).

»Iie,« svarede Harutos far (som oversat betyder: ikke noget at tale om).

De sad stille og kiggede på hinanden, mens de nippede til deres te i et stykke tid.

»Hvorfor er du her?« spurgte Harutos far pludseligt. »Min kone er bange for, at du vil tage vores søn fra os, og du kan ikke få ham. Ja, vi fandt ham, men vi er de eneste forældre, han nogensinde har kendt.«

»Whoa!« udbrød Alfred. »Der sker ikke noget, medmindre du ønsker det. Din søns engelsk er i øvrigt fremragende,« sagde Alfred. »Ligesom dit eget.«

»Smiger vil ikke hjælpe dig her. Som jeg sagde før, kan du ikke få min søn.«

»Hvis Haruto kunne hjælpe os med at redde verden? Ville du så stadig sige nej?«

»Haruto er bare en dreng. Du er en svane. Hvad kan drenge og svaner gøre, som mænd ikke kan? Du kan ikke få ham.« Han lagde armene over kors.

»Hvad nu, hvis vi ikke kan redde verden uden hans hjælp? Hvad hvis han vil hjælpe os?«

»Haruto ved ikke noget om livet. Han kan ikke hjælpe jer. Find en andens søn, en ældre. En, der er født til at redde verden. Ikke en dreng. Ikke min dreng, Haruto. Hverken i dag, i morgen eller nogensinde.«

»Hvad hvis vi lader ham bestemme?« sagde Alfred. »Når jeg har forklaret det hele.«

»Fortæl mig alt nu. Og jeg vil beslutte, hvad han skal vide. Men lad mig først spørge jer - hvad får jer til at tro, at en lille dreng som min søn kan hjælpe jer?«

»Vi tror, at han ligesom os andre har gaver, unikke gaver. Han er ikke som andre børn, vel? Da Rosalie nævnte ham, var han stadig en baby. Er han ældet hurtigere end andre børn?«

Harutos far rystede på hovedet. »Da vi fandt ham for fem år siden, var han en baby. Han er vokset, som alle børn vokser.«

»Åh, det må du undskylde. Rosalie havde ikke tid til at opdatere eller færdiggøre sine noter. Men vil du ikke gerne have, at din søn er sammen med andre børn, der er lige så begavede som ham? Han ville være en af os, accepteret af os. Og vi ville ære hans evner og beskytte ham.«

»Antyder du, at jeg ikke kan beskytte min egen søn?«

»Nej, hr. Det siger jeg slet ikke. Jeg siger, at vi har brug for ham, og måske, bare måske, har han brug for os. En dreng, der står alene, kan aldrig blive så stærk som en dreng, der er medlem af et hold.«

»Måske er han ensom. Måske, men han er ung, og han skal nok vokse fra det.« Harutos far forblev stille, før han spurgte: »Hvad er din gave, og hvem er fjenden?«

»Jeg har helbredende kræfter, både for mennesker og dyr - mest for sidstnævnte. Jeg kan læse tanker. Lia kan se ind i fremtiden. E-Z redder liv. Jeg kan helbrede de syge og læse tanker. Vi har endda en superheltehjemmeside, som jeg kan vise dig, hvis du gerne vil se det hele selv som bevis.«

»Jeg har allerede set jeres hjemmeside,« sagde Harutos far. »I er kendt som De Tre. Er I tre ikke stærke nok til at klare alle de fjender, I kommer op imod? Hvordan kan en lille dreng som Haruto hjælpe jer? Han kan knap nok huske at børste tænder.«

»Det forstår jeg godt. Jeg havde også en søn, da jeg var menneske.«

»Du var menneske engang? Hvad skete der med din søn?«

»De døde, og jeg blev forvandlet til en svane. Det er en lang og kompliceret historie. Det vigtigste er, at vi indtil for nylig ikke vidste, at der var andre børn. Det var Rosalie. Hun var en fantastisk kvinde med evnen til at kommunikere med børn i sit sind. Hun talte med Lia, Haruto, Brandy og Lachie. Hun bragte alle sammen og betalte en høj pris for det.

Furierne dræbte hende, da hun ikke ville afsløre nogen oplysninger om børnene for dem. Uden Rosalie ville vi ikke vide, at den anden eksisterede, og vi ville ikke være her for at beskytte din søn eller bede om hans hjælp til at besejre de onde søstre.

»Jeg blev sendt ud for at tale med Haruto og forklare, hvad vi er oppe imod. Han kan selvfølgelig nægte, du kan nægte for ham - men uden ham kan vi måske ikke overvinde de onde gudinder, der er kendt som Furierne.«

Ejeren bød på mere te. Alfred afslog, men Harutos fars hænder rystede let, da han løftede sin nyligt genopfyldte te og drak af den.

»Er Haruto det yngste barn?«

Alfred nikkede.

»Fortæl mig om de to andre nye rekrutter.«

»Brandy dør og bliver genfødt. Lachie kan tale og blive forstået af alle væsner.«

»Denne Brandy bliver genfødt som sig selv hver gang?« Spurgte Harutos far.

»Sådan har jeg forstået det.«

»Hvor gammel er hun?«

»Det ved jeg ikke med sikkerhed, men jeg tror, hun er teenager. Hvorfor betyder det noget?« Spurgte Alfred.

»Fordi det at blive genfødt gentagne gange, mens hun stadig er menneske, betyder, at Brandy sidder fast i læringsstadiet. Derfor vil hun klare sig godt sammen med andre, der er mere avancerede end hende. Hun vil lære af dem, og måske vil det hjælpe hende til at nå det næste stadie.«

Alfred forstod det nogenlunde, men sagde ikke noget.

»Min søn ville ikke fremme Brandys liv, og derfor vil jeg ikke tillade ham at være en del af denne kamp. Jeg er ked af at have spildt din tid.«

»Jeg er kommet hele vejen hertil - så hvad vil det skade mig at tale med ham, mens du, din kone og mor er til stede. Giv ham valget. Lad ham bestemme. Hvis det ikke er det rigtige for ham, hvis du synes, han er for ung eller uforberedt - så forstår vi det godt - men lad os i det mindste tale med ham om det. Se, hvor meget han kan forstå. Lad ham være den, der siger nej - så sætter jeg mig på flyet igen, og så ser du mig aldrig igen.«

»Du er en svane, og du flyver med et fly?« grinede han højlydt. Andre cafégæster stemte i, selv om de ikke anede, hvorfor han grinede. De grinede, fordi lyden af Harutos fars latter var smittende.

»Fortæl mig, hvad dit hold har tænkt sig at gøre og hvorfor. Så vil jeg beslutte mig. Hvis du kan overbevise mig, vil jeg måske lade dig prøve at overbevise Haruto.«

»Når vi dør, forlader vores sjæle vores kroppe og går til deres evige hvile i det, der kaldes en sjælefanger. Jeg ved, at det er anderledes end det, vi tror, men det er sandt. Furierne har dræbt børn - børn, der spiller computerspil - og derefter lagt deres sjæle i Soul Catchers, der er beregnet til andre sjæle. Når andre dør, er der ikke noget sted for deres sjæle at tage hen.«

Harutos far var stille et øjeblik.

»Hvis han vil, min søn, vil Haruto hjælpe. Han vil fortælle dig, hvad hans talent er. Han vil fortælle dig, hvad han vil have, du skal vide, og så vil han beslutte sig.«

»Tak,« sagde Alfred.

De rejste sig, forlod caféen og begav sig på vej til Harutos hjem. Da de ankom, blev der straks serveret aftensmad, og alle blev opdateret om missionen.

»Hvad sker der med de andre sjæle? Hvis de ikke har nogen steder at tage hen?« spurgte Haruto, mens han lagde sine spisepinde fra sig og tog en slurk vand.

»Det ved vi ikke med sikkerhed,« svarede Alfred. Han kiggede på Harutos far, som nikkede. »Men Rosalie. Kan du huske Rosalie?«

»Ja, jeg kendte hende, og jeg ved, at hun døde,« sagde Haruto. Han satte sig ret op: »Mener du, at hendes sjæl ikke har noget hjem? Hvordan kan jeg hjælpe hende med at nå sit hjem?«

»Jeg er glad for, at du vil hjælpe, Haruto,« sagde Alfred. »Rosalies sjæl er i sikkerhed hos to wannabe-engle, som tidligere har hjulpet os og E-Z. Så hun har det godt lige nu.

»Før jeg forklarer mere, er jeg nysgerrig efter at vide, hvilke særlige kræfter du besidder?«

Haruto rejste sig, kiggede på sin far, som nikkede, og sagde så. »Jeg bevæger mig meget hurtigt.« Og han begyndte at snurre rundt, hurtigere og hurtigere og hurtigere, indtil han forsvandt.

»Whoa!« sagde Alfred. »Du er som en forsvindende version af den tasmanske djævel!«

»Vi bliver aldrig trætte af at se ham i aktion,« sagde hans mor. Hun havde været bemærkelsesværdigt stille indtil den kommentar. »Kom nu tilbage, mit barn,« sagde hun. »Kom tilbage.«

Han ankom på samme måde, som han var forsvundet, men denne gang kunne de ikke se ham snurre rundt, før han dukkede op igen. »Jeg er sulten igen!« udbrød Haruto. Og han satte sig ned, fyldte sin tallerken op og spiste med stor appetit.

»Bliver du altid sulten af det?« spurgte Alfred.

»Altid,« sagde Sobo og tilbød sit barnebarn mere mad. Han nikkede, men havde for travlt med at spise til at svare.

Da Haruto havde spist sig mæt, forklarede Alfred, hvordan E-Z's skulle fungere som teamets hovedkvarter eller base. Han gik i stå og ledte efter de rigtige ord til at fortælle dem om den fare, de alle ville være i.

»Lad mig sige, før I siger ja, at furierne er onde, forfærdelige væsener, som straffer børn, selv om de ikke har gjort noget forkert. De har taget børns liv for dårlige tanker, ikke for dårlige gerninger, og kapret sjælefangere fra andre. Vi er nødt til at stoppe dem og rette op på tingene igen. Og de er ekstremt farlige og magtfulde gudinder.«

Harutos far sagde: »Jeg forbyder dig at tage af sted!«

»Men far, du har lært mig, at mine handlinger i dette liv vil fortsætte i det næste. Derfor må jeg sige ja.« Han kiggede på Alfred og sagde: »Regn med mig!«

»Haruto, som din mor og far ønsker vi, at det skal lykkes for dig - men vi ønsker, at du skal være i nærheden af os, ikke på den anden side af jorden sammen med fremmede.«

Haruto rejste sig fra sin plads og kastede armene om sin bedstemors hals. De to hviskede frem og tilbage på japansk, så Alfred ikke kunne forstå det.

»Sobo siger, at hun vil følge mig, men hun er bange for, at hendes tid er nær. Hvis hun dør og ikke er i Japan, hvordan skal hendes sjæl så finde vej hjem?«

»Vi har nogle ærkeengle og ærkeengelhjælpere, der arbejder sammen med os. De holder Rosalies sjæl i sikkerhed, og hvis der skete noget med din bedstemor, er jeg sikker på, at de også ville beskytte hendes sjæl. Indtil deres sjælefangere var klar.«

»Jeg er så stolt af dig,« sagde Sobo, «og det bliver mig en fornøjelse at flyve med dig. Jeg er glad for at møde resten af superheltebørnene. Denne Sobo vil få flere børnebørn.« Hun gav Haruto et knus.

Harutos mor og far sluttede sig til. Det var et familiekram. Tårerne dryppede ned ad Alfreds ansigt. En svane, der græder, er det sørgeligste på jorden.

Da de skiltes, blev opvasken samlet ind og sat til vask. Alle fik serveret te, undtagen Haruto.

»Jeg gør min taske klar,« sagde han. »Godnat.«

»Jeg booker vores flybilletter og giver dig besked om detaljerne,« sagde Alfred.

Han gik tilbage til hotellet og bookede sit fly. Så sendte han alle detaljerne til Charles Dickens. Han håbede, at Charles kunne møde dem i Heathrow Lufthavn, og at de alle kunne flyve til E-Z's sted sammen.

Efter en udmattende dag hoppede Alfred op i sin Queen Size-seng. Han mosede puderne og så fjernsyn, indtil han endelig faldt i søvn.

KAPITEL 7
EN ROUTE

M ED ALLE BØRNENE PÅ vej til E-Z's hus var der en følelse af energi kaldet håb i luften. Den energi så ud til at sprede sig fra den ene side af verden til den anden. Så meget, at den nåede The Furies.

De tre onde gudinder dansede omkring det bål, de havde skabt i en kedel af de dødes knogler. Op steg en flammende kugle med flere hoveder. Lige for øjnene af dem delte den sig i tre ildkugler.

Gudinderne fyldte ildkuglerne med øget energi, indtil det så ud, som om de vrede kugler ville eksplodere. Så sendte de dem af sted for at finde og knuse det håb, der levede i deres fjenders hjerter.

Den første ildkugle gik ud til den fjerneste destination, der var indstillet til at møde og ødelægge E-Z, Lachie og Baby. Det brændende objekt gik i opløsning undervejs og blev opløst af ren og skær hastighed, indtil det var på størrelse med en bowlingkugle. Den fokuserede på den intetanende trio, som den var på vej imod.

Det var E-Z's kørestols sensorer, der advarede ham om den kommende fare takket være Hadz' og Reikis opgradering. GPS'en registrerede et livløst objekt, der bevægede sig hurtigt og havde kurs lige mod dem.

»Noget kommer lige imod os!« råbte E-Z. »Lad os lande og komme væk fra det.«

»Okay,« sagde Lachie, mens trioen lod sig falde.

Men den flammende kugle fulgte dem, som om den havde sin egen tracker. Uanset hvor lavt de faldt, fulgte den dem ubarmhjertigt.

De stoppede, svævede, grupperede sig - usikre på, om de skulle lande nu, eller om de skulle prøve at overliste den på en anden måde. Hvis de landede, og den fulgte efter, kunne den dræbe eller skade andre. De ville ikke udsætte andre for fare, fordi den var efter dem.

»Hvad skal vi gøre?« spurgte Lachie.

»Du og Baby går i dækning, lad mig og min stol klare det.«

»Vi forlader dig ikke!« Lachie udbrød, og Baby nikkede.

»Okay, så kom om bag mig,« sagde E-Z. Han vidste, at han og hans kørestol var skudsikre, men var de det også mod ildkugler? Det ville han finde ud af om 5, 4, 3, 2, 1.

Baby strakte halsen, udstødte et brøl med munden så åben, som den kunne blive - og ildkuglen gik lige ind i den. Dragens øjne blev store, og hans læber dirrede, mens han holdt det brændende dyr indeni. Så fløj han af sted, mens Lachie holdt fast i hans hals for livet, og fløj langt væk for at finde et sted, hvor han kunne slippe af med det, der brændte ham indefra.

Endelig fandt de et sted, hvor de kunne smide den sikkert i havet. Baby åbnede munden, og den fløj ud. Den var stadig i brand og gled hen over vandet, som om den var fast besluttet på at holde sig i live, men til sidst gav den efter og gik op i røg, mens den sank ned i havet.

»Ja!« råbte E-Z. »Godt gået, Baby!«

Baby og Lachie vendte tilbage til E-Z's side: »Hvad skete der?«

»Baby var fantastisk! Han smed ildkuglen i havet. Nu er det bare endnu en sten.«

»Tak, Baby,« sagde E-Z. »Det var lidt for tæt på.«

»Enig. Og Baby fortjener en godbid. Noget køligt til hans hals.«

»Hvad end Baby vil have,« sagde E-Z. »Lad os gå ned og holde en pause, før vi fortsætter.«

Lachie krammede Babys hals, og de gik ned for at ryste deres første og forhåbentlig sidste møde med en vanvittig ildkugle af sig.

»Tror du, det var The Furies?« spurgte Lachie.

»Jeg tror ikke, de kender til os. Jeg mener, de ved, at vi eksisterer, men ikke noget specifikt.«

»Den tingest fokuserede på os. Prøvede at slå os ihjel. Hvem skulle ellers ønske os døde?«

»Du har ret, den kom lige til os. Sikkert bare et tilfælde. Det håber jeg.«

»Burde vi ikke advare de andre?«

E-Z kiggede på sin telefon. Han havde nul streger. »Mit hold kan klare sig selv, og jeg vil ikke skræmme dem. Lad os håbe, det er en engangsforeteelse.«

✳✳✳

F URIERNE SENDTE ENDNU EN flammende skive i retning af Yokohama. Alfred og Harutos fly stod allerede på landingsbanen og gjorde klar til at lette.

Ildkuglen fløj mod dem, men valgte en uheldig rute - den passerede forbi den 15 meter høje robot, som rakte armen ud, fangede den og knuste den. Asken brændte ned på platformen nedenunder.

I lufthavnen lettede Alfreds og Harutos fly sikkert, og parret vidste ikke, at de var målet.

✳✳✳

DEN TREDJE OG SIDSTE flammende kugle gik ud i retning af Phoenix, Arizona. Den fløj rundt og rundt og ledte efter sit mål i timevis, men kunne ikke finde det.

Little Dorrit var en usædvanlig enhjørning med et anti-detektionsskjold til sin rådighed, og det var altid klar. Beskyttelsen af hendes passagerer var trods alt Little Dorrits vigtigste opgave.

Efter at have fløjet formålsløst rundt voksede den flammende kugle i stedet for at gå i opløsning med hastigheden, indtil den var på størrelse med en komet. Så vendte den hjem til sine retmæssige ejere - The Furies.

Det flammende objekt, som ikke kunne kende forskel på ven og fjende, jagtede de skrigende Furier rundt i Death Valley i timevis. De løb for livet, indtil Tisi fremmanede en trylleformular.

Først stoppede bolden midt i luften, og de tre gudinder betragtede den med tilfredshed, da den faldt ned i gryden og blev dækket af svampestuvning.

Alli fløj hen til den og klemte låget ned.

Så kastede Furierne deres hoveder tilbage og hylede den, mens de dansede og sang og grinede.

Indtil der lød en poppende lyd inde i kedlen. Som popcornkerner, der blev varmet op. Lyden blev højere, efterhånden som grydens låg blev bulet indefra og til sidst løftet nok til, at de nyfødte ildkugler kunne slippe ud.

De små ildkugler, som ikke havde nogen steder at tage hen, fokuserede på Furierne og jagtede dem rundt, mens de en efter en brændte ud.

Udmattede og irriterede kaldte de tre gudinder på Eriel for at få ham til at komme og hjælpe dem, men denne gang svarede han ikke.

* * *

MENS HAN FLØJ VIDERE over himlen alene, da Lachie og Baby rejste langsommere på grund af Babys bivirkninger efter at have slugt ildkuglen, vurderede E-Z sit hold. Et par gange i køen modtog han sms'er, som bekræftede, at de også tænkte på ham.

Lia sendte en besked, som bekræftede Brandys kræfter, og Alfred havde gjort det samme med hensyn til Harutos evner.

E-Z havde ikke gengældt det ved at fortælle dem om Lachies kræfter. I stedet ville han gennemgå tingene for at se, hvordan han og hans hold på syv (inklusive Charles) ville klare sig mod de tre magtfulde, men onde gudinder.

Han gjorde status i tankerne og mindede sig selv om sit holds aktiver:

Jeg kan flyve, og det kan min stol også. Vi er skudsikre, og jeg er superstærk. Jeg er en god leder, jeg er klog, og jeg har en stærk empati.

Lia er opmuntrende, empatisk, venlig, klog, og hun kan læse tanker og se ind i fremtiden.

Alfred er stærk i sindet, intelligent og som det ældste medlem klog med alderen. Han er empatisk, kan nogle gange læse tanker og kan helbrede de syge.

Lachie kommunikerer med væsner. Han er en enspænder, men det er ikke hans skyld. Han er empatisk og intelligent. Han ved, hvordan man overlever mod alle odds, og hans evne til at camouflere sig vil komme til nytte.

Haruto er den yngste, men han er en overlever. Han er i stand til at gøre sig usynlig.

Brandy er død - flere gange - og kommet tilbage til livet igen. Hun er helt sikkert en overlever.

Sidst, men ikke mindst, er der Charles Dickens. Hans evner er ukendte. Men han er klog, empatisk og i stand til at tilpasse sig.

Da han havde fået nok barer, brugte han sin telefon til at søge i historiske dokumenter på nettet for at finde ud af, hvilke evner Furierne ville have:

Overmenneskelig styrke.

Udholdenhed, herunder høj tolerance over for smerte.

Vitalitet.

Edderkoppeagtig smidighed.

Modstandsdygtighed over for skader og superhurtige helbredende kræfter.

Flyvning.

Formskiftning - til en anden persons form.

Usynlighed.

De kunne påføre deres ofre smerte.

Meg kunne udskille parasitter. YUCK.

Vent lidt, der står, at Furierne historisk set repræsenterede retfærdighed. Der står, at de tidligere kun skadede de onde og de skyldige ... at de gode og de uskyldige ikke havde noget at frygte. Så hvad har ændret sig? Hvorfor følte de behov for at dræbe uskyldige børn og bruge spil til at gøre det?

Han læste videre og undrede sig over, hvordan de helt præcist dræbte børnene. Ifølge legenden gjorde furierne aldrig fysisk skade på dem, der gjorde noget forkert. I stedet brugte de skyldfølelse - til at drive dem til vanvid.

Han tænkte tilbage på den dreng, der havde forsøgt at skyde ham. De havde overbevist ham om, at hvis han ikke gjorde, som de sagde, ville de skade hans familie. Han spekulerede på, hvor drengen var nu. Var han i en af sjælefangerne?

Han fortsatte med at søge for at finde ud af, om Furierne var i stand til at vise barmhjertighed, men kunne ikke finde noget bevis for det.

Han tilføjede noget til listen, som de allerede vidste - Furierne var dødelige. Det var én ting, han og de onde gudinder havde til fælles, og han og hans team måtte finde en måde at bruge det til deres fordel.

Lachie og Baby indhentede E-Z.

»Hvordan har Baby det?« spurgte han.

»Han har det bedre nu,« svarede Lachie.

Baby kastede hovedet tilbage, gav et brøl fra sig og satte farten op.

»Vent på mig!« råbte E-Z.

KAPITEL 8
THE FURIES

MEDDENBESKIDTE FØLELSE AF HÅB, der stadig stank i luften, ventede The Furies. De havde repareret deres brændte tøj og trimmet deres brændte hår. Heldigvis var slangerne uskadte. For at gøre sig præsentable til deres forestående gæsts ankomst.

Han var deres velgører. Ham, der havde bragt dem tilbage til jorden. Han foreslog, at de skulle slå sig ned i det usynlige hjerte af Death Valley.

Før ildkuglen svigtede, havde de set tegn. Tegn på, at alt vendte sig mod dem nu. Forandring var godt, men kun hvis de havde kontrol over det. Deres tid var kommet. De skulle være klar til at rykke. Tingene var ved at vende sig til deres fordel. Alt, hvad de skulle gøre, var at vente på det. Og så være klar til at slå til.

»Eriel,« hvæsede Meg.

Ærkeenglen, deres elskede leder, var endelig ankommet.

»Hvad er det sidste nye?« Spurgte Tisi. »Vi væmmes ved alt det håb, der er i luften.«

»Ja, det der håb er ved at tage livet af os,« sang Tisi og Allie, mens de dansede omkring det brændende bål.

Han kiggede på dem, der dansede nøgne som banshees. De lod deres piske knække, mens slangerne, de havde som arme og hår, gled og spyttede tilfældigt.

Eriel kom ned over dem som en sort sky, landede og foldede så sine vinger sammen. Hans enorme statur fik furierne til at ligne dukker. Han stod med hænderne på hofterne og gik så ned på et knæ for at komme i samme niveau som dem. Det var hans måde at sænke sig ned på deres niveau, samtidig med at han holdt sig over dem. Han ville have, at de skulle vide, at de arbejdede for ham og ikke omvendt. Han var træt af at indskærpe det over for søstrene, men alligevel frygtede han, at det var den eneste måde at holde dem i skak på.

»Der er intet håb - ikke nu, hvor vi arbejder sammen,« sagde Eriel. »Og du må ikke grine. Jeg tror godt, du kan grine. Det gjorde jeg også, da jeg hørte, at de sender et hold børn for at dræbe jer.«

Furierne var hysteriske. Deres stemmer gav ekko i hele Death Valley og skræmte alle fuglene væk.

»De idioter!« sagde Meg.

»Vi spiser de børn til morgenmad, frokost og aftensmad,« sagde Tisi og slikkede sig om munden.

»Vi spiser ikke børn,« sagde Alli. »Men du er sjov, søster. Det eneste, vi vil have, er deres sjæle. Og jeg kan ikke huske, HVORFOR vi vil have dem. Forklar det igen, kære søster.«

Meg sagde: »Vi gør, som Eriel siger. Han vil have sjælefangerne, og vi skaffer dem til ham. Når vi har opfyldt hans krav, bliver vi Nyx' døtre - De Venlige - igen, og så kan vi herske over natten og gøre, hvad vi vil.«

»Så hvis jeg får lyst til at smage på et af børnene, vil jeg kunne det, ikke?« spurgte Tisi. »Jeg har altid spekuleret på, hvordan de ville smage.« Hun rullede med øjnene og snusede ud i luften. Slangen på hendes hoved kastede sig over ham.

Eriel spottede. »Det er ikke almindelige børn, som dem du forfølger i spillet. Det er begavede børn med kræfter og evner. Men jeg holder dig underrettet, og du får brug for min hjælp.«

»Din hjælp? Til at besejre børn, bare babyer?!« grinede trioen, og de fløj rundt og løftede sig fra jorden ved hjælp af deres kraftige flagermusvinger. »Vi slår dem, før de overhovedet slår til.« Slangerne hvæsede og spyttede i enighed.

»Ligesom vi gjorde i det hvide rum. Som vi gjorde med deres veninde Rosalie. Hun ville ikke fortælle os, hvem der blev sendt efter os. Vi ville gerne vide det og var trætte af at vente på, at du fortalte os det. Så vi tog hende ud,« sagde Meg.

»Ja, og du var lige ved at afsløre kampen! Det er også en skam, at du ikke samlede hendes sjæl op og lagde den i en sjælefanger,« sagde Eriel. »Nu er der løse ender. Løse ender kan blive til spor for dem, der leder efter dem.«

De kiggede op i himlen og så en stribe farver som en regnbue, der strakte sig fra den ene side til den anden. Men det var ikke en regnbue, det var energi. Energien fra dem, som ærkeenglene havde rekrutteret til at gøre det, de ikke selv var i stand til at gøre.

»Vi ved, at de kommer - og de har ikke en chance mod os!« skreg Tisi.

Nå, men det lykkedes dem at slå de infantile ildkugler, I sendte!« udbrød Eriel. »Et så dårligt og amatøragtigt forsøg som det var! Det fik mig til at skamme mig over at arbejde sammen med dig! Det er godt, at ingen kender til vores forbindelse.«

Med knyttede næver og tænder gik Furierne ikke videre, før Alli brød isen.

»Søstre, hans mening om os er ligegyldig. Vi gjorde vores bedste. Det var et forsøg værd. Desuden har vi allerede masser af sjæle til rådighed.« Hun rørte rundt i gryden, drak lidt suppe på en øse og spyttede den derefter ud. »For meget salt,« sagde hun. Hun tilsatte vand, så vilde svampe og nogle små kartofler. »Og vi indsamler flere børnesjæle hver dag. Jeg er træt af at vente på, at børnesuperheltene kommer til os. På at de skal organisere sig. Når de er samlet, hvorfor slår vi dem så ikke bare ihjel?«

»Søster, du må være tålmodig.«

»Jeg er træt af at være tålmodig. Jeg er træt af - jeg er simpelthen træt,« sagde Alli. Hun rørte rundt, og efter at have smidt et par vilde urter og krydderier i, smagte hun på suppen, og den var god. »Aftensmaden er klar,« sagde hun.

»Du skal være tålmodig, og du skal ikke handle - medmindre jeg siger, at du skal handle. Det her er mit spil, og jeg har inviteret jer til at spille med. Uden mig er I bare tre ubrugelige gudinder, der sover resten af jeres liv væk.« Han sparkede til sandet med sin støvle. »Og det er virkelig ærgerligt, at I skal spise menneskeføde. Noget af en nedgradering - for nu skal I have næring for at overleve. Når jeg hersker over jorden, og alle sjælefangerne bor her, trykker jeg på JORDPAUSE. Jeg vil herske over jorden, og hvis du spiller spillet rigtigt. Hvis du gør, som jeg beder dig om, så vil du være ved min side. Og får del i gevinsterne. Hvis du går imod mig, bliver du til støv igen.«

Da han havde sagt ordet støv, åbnede han sine arme og vinger, løftede sig fra jorden og forsvandt.

Furierne sang sammen, mens de nippede til deres suppe. Slangerne, som var de mest sultne, slikkede den i sig, og selv om de gjorde gryden ren, ville de stadig have mere.

»Nu hvor han er væk,« sagde Meg, «så lad os tale om vores eget slutspil.«

Tisi og Alli grinede.

»Eriel tror, at han vil bringe os tilbage til vores gudindetilstand, men vi vil ikke lade den ærkeengel overtage jorden. Hvem siger, at han ikke vil efterlade os i støvet, når vi har gjort alt arbejdet? Ærkeengle holder ikke altid deres løfter. Vi behøver heller ikke at holde vores, gør vi vel, søstre?«

»Hvem tror han, at han er, Den Udvalgte?« spurgte Alli.

Meg grinede. »Han er ikke udvalgt af noget og nogen - men vi har stadig brug for ham.«

»Ja,« sagde Tisi. »Hans selvhøjtidelighed er hans fejl.« Hun sænkede stemmen til en hvisken: »Hver gang han taler, svækker han sig selv. Hver gang han forråder de andre ærkeengle, giver han en lille smule mere af sin magt væk.«

Igen brød søstrene ud i sang:

»Blod fra rekrutterede børn vil være morgendagens suppe.

Når vi har spist, vil vi have det sjovt med en hulahopring.«

Meg tog sangen op,

»Babyer, børn onde små og skyldige som møg

Vi vil sige af med deres hoveder, hvis vi får alt heldet!«

sang Alli,

»Mørkets døtre mod børn, der ikke har en anelse.

Himlen vil regne med blod, før vi er færdige!«

De kaglede og hvæsede, svang deres piske og dansede, mens månen steg højere og højere på himlen. Udmattede faldt de til jorden og sov i jorden. Slangerne foretrak denne stilling - og sov også - frem for at hvæse og bevæge sig rundt hele natten.

»Godnat, søstre,« sagde de i rundkreds, ligesom de så menneskene gøre i The Walton's på tv via deres parabolantenne. Det var et af deres yndlingsprogrammer. »Og i morgen tidlig tager vi planen op igen.«

KAPITEL 9
PAFHS9

D ET VAR EN KONKURRENCE for SamogSamantha, som ventede på at se, hvilken gruppe børn der ville komme tilbage først. Vinderen ville stå op med tvillingerne hver nat i en hel måned, så der var meget på spil.

Sam valgte E-Z, Lia og så Alfred. Samantha valgte Alfred, E-Z og så Lia.

»Men E-Z er i Australien,« skældte Samantha ud. »Du kommer til at tabe. Jeg vil tænke på dig - IKKE - når jeg sover igennem i en måned.«

»Du valgte Alfred, og han skal med et fly! Du ved, hvordan de altid overbooker og sjældent overholder deres tidsplaner. Mens E-Z kan komme og gå, som han vil, og hans kørestol kører utroligt hurtigt! Jeg har tænkt mig at vinde, og jeg er så sikker på det, at jeg vil forsøde væddemålet og gøre det til seks måneder. Er du parat til at øge væddemålet?«

Samantha overvejede det nye tilbud. Væddemål som dette kunne skade et ægteskab, og de manglede allerede søvn, fordi de begge vågnede hver nat for at tage sig af tvillingerne. Hun krammede ham: »Lad os bare holde det enkelt. En måned.«

»Kylling,« sagde Sam og lagde armene om sin kone. Han kyssede hende på panden, mens Jill udstødte et skrig, som Jack snart tilsluttede sig. »Jeg går,« sagde han.

»Lad os gå sammen,« sagde Samantha og tog sin mands hånd i sin, og så gik de ned ad gangen.

Lille Dorrit var på vej tilbage i fuld fart.

»Kan vi ikke gå ned og få en drink?« spurgte Brandy.

»Bare nej,« sagde Lille Dorrit.

»Kom nu,« sagde Lia, «det tager kun et par minutter.«

»Jeg vil ikke skræmme jer,« sagde Lille Dorrit, «men jeg har en dårlig fornemmelse og vil have os væk fra det åbne land så hurtigt som muligt.«

»Okay,« blev de to piger enige om.

Lia var næsten hjemme og sendte en sms til Samantha, hvor hun fortalte, at de ville være hjemme om et par minutter.

»Ah, vi tog begge fejl!« sagde hun.

»Men en af os bliver stadig nødt til at stå op hver nat med tvillingerne,« sagde Sam.

»Vi skiftes til det,« sagde Samantha, mens hun og Sam, nu hvor tvillingerne havde lagt sig til at sove, gik ud i haven. Snart kunne hun se Lille Dorrit komme ind til landing.

Lia og Brandy hoppede af.

»Det var virkelig sejt,« sagde Brandy. »Tak, Lille Dorrit.« Hun krammede enhjørningen, som svarede: »Det var så lidt.«

»Ja, tak, fordi du passede på os,« sagde Lia.

»Var der nogen problemer med at passe på jer?« Spurgte Sam.

»Ikke noget, jeg ikke kunne klare,« sagde Lille Dorrit. »Hvis I ikke har brug for mig i et stykke tid, vil jeg gerne hente noget vand og en snack.«

»Gå du bare,« sagde Sam, «og tak, fordi du passer på vores piger.«

Lille Dorrit blinkede til Sam, hvorefter hun stak af og snart var ude af syne.

Efter præsentationen af Sam og Samantha ringede Brandy hjem for at fortælle sin mor, at de var kommet sikkert frem.

Et par timer senere ankom Alfred, Charles, Haruto og hans bedstemor. Som før blev de præsenteret for hinanden, og Brandy og Lia blev føjet til.

»Du kan ikke være DEN Charles Dickens,« sagde Brandy med løftede øjenbryn. »Og du er kun et barn, der lige er kommet ud af bleen,« sagde hun til Haruto, som svarede ved at gøre sig usynlig.

»Ups!« udbrød Brandy. »Og du, du er en stor fjerlet svane! Hvordan vil du hjælpe os med at besejre Furierne!«

»For det første,« begyndte Alfred, «er du meget mere uhøflig, end du burde være. Selv en usofistikeret svane som mig har manerer.«

»Anata wa gakidesu!« sagde Harutos bedstemor, hvilket oversat betyder »Du er en møgunge!«

En fnisen hørtes fra den usynlige Haruto.

Lia trådte til og undskyldte: »Jeg skal nok fortælle hende det. Hun er cool. Bare giv hende lidt tid til at finde sig til rette,« sagde hun. »Jeg vidste ikke, hvad Haruto kunne gøre, før jeg så det med mine egne øjne.« Til den lille dreng sagde hun: »Kom nu tilbage, Haruto. Det var ikke hendes mening at såre dig.«

»Undskyld,« sagde Brandy med øjnene sænket ned i gulvet.

Haruto vendte tilbage og forsvandt ind og ud. Han stod med armen om sin bedstemors talje. Alfred og Charles rykkede tættere på dem.

»Vi er lige steget af et fly, og vi er trætte - så vi vil gå ud og friske os op. Når vi kommer tilbage, forventer jeg, at du giver hende snor på eller sætter et stykke gaffatape for hendes mund. Eller lærer hende nogle manerer,« sagde han og gik ned ad gangen med de to andre på slæb.

»Wow!« sagde Brandy. »Bare WOW! Jeg sagde, at jeg var ked af det.«

»Nej, han havde ret,« sagde Lia.

Samantha sagde: »Du er i vores hus nu, og vi vil ikke have, at du er uhøflig over for nogen.«

Sam lagde armene over brystet, netop som tvillingerne begyndte at græde igen.

»De må være sultne. Bare rolig, jeg klarer det,« sagde Samantha, men inden hun gik, sendte hun Brandy et blik.

»Brandy, du er et mærkeligt sted, hvor du ikke kender andre end Lia og Lille Dorrit endnu,« sagde Sam. »Hvis du vil være en del af dette hold og besejre Furierne, så må du arbejde sammen. At fornærme dine holdkammerater er ikke en effektiv måde at begynde på. Jeg vil foreslå, at du undskylder igen, som om du mener det, når de kommer tilbage, og beder om at starte forfra.«

Brandys øjne var fyldt med tårer: »Jeg blev bare overrasket over at se de andre teammedlemmer, jeg skal arbejde sammen med. Men du har ret, jeg vil undskylde igen og bede om en ny chance. Jeg håber, de vil tilgive mig. Mor siger altid, at jeg er for åbenmundet til mit eget bedste.«

Lia smilede. »Du vil elske Alfred, når du lærer ham at kende. Det er også første gang, jeg har mødt Charles personligt. Charles er i en mærkelig situation. Da han var ti år gammel, var det i 1822. Tænk lige over det. Og det er også første gang, jeg møder Haruto og hans bedstemor.«

»Det er jo helt vildt! James Monroe var præsident dengang - og han var vores femte præsident!« Brandy hujede. Hun skubbede forsigtigt til Lia: »Mor og far ville være superimponerede over, at jeg kunne huske den information! Og knægten, jeg mener Haruto, han virker alt for ung til at sætte sit liv på spil.«

Lia grinede, og Sam stemte i, men da han hørte, at hans kone kaldte på ham for at hjælpe med tvillingerne, skyndte han sig ud af lokalet.

Charles svarede: »George IV sad på tronen, da jeg var her sidste gang. I det mindste behøver jeg ikke være bange for at skulle tilbage til fattiggården næste år,« sagde han med et smil, som dog hurtigt forsvandt.

Lia udstødte et ufrivilligt skrig, mens Brandy brast i gråd og sagde: »Jeg er så ked af det, Charles.«

»Ah, så du har hørt om fattighuse,« sagde han. »Men jeg er her, og jeg overlevede det og brugte åbenbart min erfaring til at skrive om figurer som Oliver Twist og Lille Dorrit, for at nævne to. Ja, jeg har læst om mig selv på internettet, og jeg må sige, at jeg endda har imponeret mig selv.«

»Du har ikke mødt enhjørningen Lille Dorrit endnu,« sagde Lia. »Hun gik ud for at få en forfriskning, men hun kommer snart tilbage.«

»Hvem?« spurgte Charles.

På kommando dukkede Lille Dorrit op igen og kredsede over deres hoveder og landede hurtigt.

»Lille Dorrit, det er Charles Dickens. Charles, det er Lille Dorrit,« sagde Lia.

Charles var målløs, da den venlige enhjørning kælede for ham. »Jeg havde aldrig drømt om, at jeg skulle møde en enhjørning.«

»Hyggeligt at møde dig, Charles,« sagde Lille Dorrit.

Charles gispede: »Og så er den oven i købet klog og talende!« Han havde en million spørgsmål at stille hende, men de måtte vente, for oppe i himlen var E-Z, Lachie og Baby på vej ind til landing. »Er jeg vågen eller drømmer jeg?« spurgte Charles. »Knib mig, så jeg er sikker.«

Da Baby var landet, og Lachie var steget af, blev alle præsenteret for hinanden, mens E-Z skyndte sig ind for at gå på toilettet. Da han kom tilbage, sluttede Sam og Samantha sig til dem med tvillingerne på slæb, Haruto og Alfred.

»Hele banden er her,« sagde Alfred.

»Må jeg tale med dig og Haruto,« spurgte Brandy. Da de nikkede, sagde hun: »Jeg er meget, meget ked af det. Tilgiv mig for min uhøflighed, og giv mig en chance til.« Hun kiggede på sine fødder.

»Lad os starte forfra,« sagde Alfred.

»Saikai suru,« sagde Haruto og oversatte: «Det, han sagde.«

»Anata wa yurusa rete imasu,« sagde Harutos bedstemor, som oversat betyder: «Du er tilgivet.«

Baby og Lille Dorrit stod side om side, og det var et meget mærkeligt syn. Lille Dorrit var ikke lille, hun var en enhjørning, som var over 2,5 meter høj, mens Baby ikke var nogen baby, da han var over 2,5 meter høj.

»Øh, jeg tror, at I to - med henvisning til Baby og Lille Dorrit - bliver nødt til at finde et andet sted at sove, for haven er ikke stor nok til jer to«, sagde E-Z.

Lille Dorrit sagde: »Jeg kender et sted, hvor vi kan få noget lækkert at spise og noget vand.«

»Det lyder godt,« sagde Baby.

Harutos bedstemor klappede baby på hovedet og spurgte: »Josha wa dodesu ka?«, som oversat betyder: »Hvad med et lift?«

Baby sagde: »Tashika ni, tobinotte!«, som oversat betyder: »Selvfølgelig, hop på!«

Haruto løb hen og sagde: »Matte watashi o wasurenaide!«, som oversat betyder: »Vent, glem mig ikke!«

Baby sænkede sig ned, så Haruto og hans bedstemor kunne klatre op på hans ryg. Så fløj de af sted med Lille Dorrit lige i hælene.

Sam sagde: »Jeg synes, at alle skal finde sig til rette, så I kan snakke og planlægge, så meget I vil i morgen.«

»God idé,« sagde E-Z, mens Baby satte Haruto og hans bedstemor af. Sobos hår stod på højkant, som om hun havde stukket fingeren i en stikkontakt.

Mens Harutos bedstemor var målløs, førte Samantha hende ind på sit værelse. »Haruto sover på mit værelse,« sagde hun.

»Ja, jeg er straks tilbage.« Hun gik ned ad gangen til E-Z's værelse.

»Hvordan var det?« E-Z spurgte Haruto.

»Subarashi!« udbrød han, hvilket oversat betyder «fantastisk!«

»Vi fik leveret en barneseng og nogle køjesenge i dag,« sagde Sam, «så Haruto, Charles og Lachie, I er sammen med E-Z og Alfred på deres værelse. Alfred sover for enden af E-Z's seng.«

»Tak,« sagde E-Z, da de gik ind på hans værelse. »Forresten,« sagde han, da de var alene, «var der nogen af jer, der havde problemer på vejen tilbage?«

Alfred sagde, at det havde de ikke.

»Hvad med dig, Lia?« spurgte han i tankerne.

»Nej.«

»Hvad skete der så?« Spurgte Alfred.

»Vi havde en flammende ildkugle på sporet.«

Lia gispede.

»Men takket være Babys hurtige tankegang blev den ødelagt.«

»Hvordan lykkedes det ham at ødelægge den?« spurgte Alfred.

»Baby slugte den og smed den derefter i havet.«

»Det er skræmmende,« sagde Haruto.

»Jeg er stadig lidt bekymret for Baby,« sagde E-Z, «for på vejen tilbage lagde jeg mærke til, at han hostede og nøs et par gange.«

Lachie sagde: »Der fløj endda gnister ud af hans mund og næsebor. Han siger, at han har det fint, men jeg holder godt øje med ham.«

»Vi kan jo ikke ligefrem tage ham til dyrlægen, vel?« sagde Alfred.

Haruto grinede og grinede.

»Hvad er det, der er så sjovt?« spurgte E-Z.

»Hyoryu Doragon,« sagde han. »Hyoryu Doragon!« - hvilket kan oversættes til dragedyrlæge - og han brølede af grin igen.

Alfred og E-Z trak på skuldrene, og det samme gjorde Charles, som skiftede emne ved at spørge, om de andre syntes, at de skulle finde på et nyt navn til deres hold, nu hvor de er syv i stedet for tre.

»Måske,« sagde E-Z.

»Hvad er vores vigtigste egenskaber?« spurgte Charles.

»Løfte,« foreslog Haruto, da han havde beroliget sig selv og var holdt op med at grine.

»Ambition,« sagde Charles.

»Tro,« sagde E-Z.

»Håb,« sagde Alfred.

Samantha lyttede udenfor døren i et par minutter. Alle lød venlige nok, så hun vendte tilbage for at tale med Harutos bedstemor.

»Haruto er ved at finde sig til rette med de andre drenge, og de snakker sammen. Du kan flytte ham herind i morgen, hvis du vil. Han har sin egen seng derinde. De var ved at planlægge et nyt navn til deres superheltehold, så jeg ville ikke afbryde deres brainstorming.«

Harutos bedstemor nikkede: »Tak.«

Lia og Brandy var nu involveret i samtalen fra rum til rum.

»Styrke x 7,« foreslog pigerne.

»Øh, hun kan nogle gange læse vores tanker,« bekræftede E-Z.

Charles udbrød: »Hvad med PAFHS7?«

»Jeg kan godt lide det,« sagde E-Z, «men glemmer vi ikke to vigtige medlemmer af vores team? Jeg mener Little Dorrit og Baby. De er vigtige medlemmer, og de har allerede reddet vores røv et par gange.«

Alfred gentog ordene, og det samme gjorde Haruto.

»Hvad med PAFHS9!« sang Lia og Brandy.

PAFHS9 kunne ikke lade være, de grinede - indtil de hørte nogen gå rundt over deres hoveder på taget.

»Hvad pokker var det?« spurgte E-Z.

»Yoo-hoo! Det er os!« sagde Raphael. »Eriel og mig.

KAPITEL 10
STØJ PÅ TAGET

S AM SPEKULEREDE PÅ, OM julen var kommet tidligt, da han snublede udenfor i sin badekåbe for at undersøge larmen på taget. Han kunne ikke se, hvem der var deroppe, før han stod midt på sin græsplæne.

»Shhh!« hviskede han. »Vi har lige fået babyerne til at sove.«

Ærkeenglene svarede ikke. I stedet hang de med hovedet som to skældte børn.

»Har I lyst til at komme indenfor?« spurgte han.

»Mange tak,« svarede Raphael.

POOF

POW

Hun og Eriel forsvandt.

Sam flyttede sig ikke fra plænen lige med det samme. Hans fødder var våde af duggen på græsset, og da han stak næverne i lommerne på sin morgenkåbe, fik han øje på Lille Dorrit og Baby, der cirklede rundt om huset.

»Er alt i orden dernede?« spurgte Lille Dorrit.

»Ja,« sagde Sam, «men gå ikke for langt væk for en sikkerheds skyld. Jeg fløjter, hvis vi får brug for hjælp.« Han vinkede og gik ind i huset igen, som nu var fyldt med stemmer og skrabende stole. Han bed tænderne sammen og håbede, at tvillingerne sov godt. I køkkenet bemærkede han, at alle var vågne og på benene, bortset fra Harutos bedstemor.

Raphael, som sad for bordenden, lignede nu den kvinde, der var klædt ud som sygeplejerske på hotellet, da Alfreds liv blev reddet. Hendes lange, flagrende gallakjole øgede hendes status blandt de andre, som var hun en siddende professor eller en dommer.

Eriel derimod havde ændret sit udseende, så han lignede en afdød sanger, hvis varemærke var at være klædt i sort fra top til tå, inklusive solbriller med mørke kanter.

»Har vi brug for flere stole?« spurgte Samantha.

»Jeg tror, vi har nok,« sagde Sam. »Jeg håber ikke, det kommer til at tage lang tid. Åh, og E-Z, du tager den anden ende af bordet, da du er vores valgte leder.«

»Øh, tak,« sagde E-Z og flyttede ind i positionen. »Så hvad pokker laver I to her midt om natten?«

Brandy grinede: »Og hvem sagde, at jeg var den uhøflige?«

Lia sagde: »Shhh.«

Raphael kastede et blik på hvert af børnene. Det var første gang, hun havde set Haruto, Charles, Brandy og Lachie. De var alle så utroligt unge, så modige. Hun fik tårer i øjnene, da hendes blik faldt på E-Z. Hun bøjede hovedet.

E-Z ventede og indså så, at Raphael bad ham om at give hende tilladelse til at tale. Han nikkede.

Før hun talte, justerede Raphael sine nye briller. Da hun gjorde det, fik det E-Z til at justere sine gamle briller, som han, efter anmodning fra deres oprindelige ejer, aldrig havde fjernet fra sit ansigt.

Charles, som meget ukarakteristisk blev mere og mere utålmodig, spurgte: »Frue, hvorfor er jeg her som en tiårig dreng, når jeg ville være langt mere nyttig for dette team som voksen.«

»SILENCE!« råbte Eriel og slog sine næver i bordet. »Det er os, der har ordet. Tal, søster, da disse børn bliver mere og mere utålmodige. Deres øjne flimrer og farer rundt i rummet. Som om de forventer, at du smider dem ned i varme vokskar!«

»Uhøfligt!« udbrød Brandy. »Jeg er ikke bange for dig!«

»Shhh,« hviskede Lia.

Charles smilede til Brandy.

»Du burde være bange,« sagde Eriel med en grimasse. »Meget bange.«

»Ro! Orden!« Raphael råbte, og hun ventede, til alle havde sat sig og var mere rolige. »Vi er her i aften for DIN skyld.« Raphael sagde det noget højere, end hun havde forventet.

»Her! Her!« indskød Eriel.

»Hvordan det?« spurgte E-Z.

»Det fortæller hun dig, hvis du tier stille!« sagde Eriel.

Raphael ventede igen, før hun talte igen.

»Der er ikke tid til smarte planer eller forsinkelser. Furierne skaber kaos, mere og mere hver dag, ved at stjæle sjælefangere. De smider gamle sjæle ud i det åbne tomrum. Det er det rene kaos derude! Og de skaber mere for hvert sekund, hvert minut, hver time hver dag. Kort sagt, de skal stoppes. Med det samme.«

»Men ...« sagde Alfred, »du nævnte ikke engang børnene.«

Eriel rejste sig fra sin stol. Han stirrede på Alfred og tvang ham til at se væk. »Hun er ikke færdig ENDNU.«

Raphael fortsatte uden at tøve denne gang.

»Vi, Eriel og jeg, er her for at give dig råd - uden at være direkte involveret. Vores mission er at hjælpe jer, at hjælpe jer selv med at redde børnene.«

E-Z brød sig ikke om lyden af dette, slet ikke. Han slog sine næver ned i bordet.

»Vi er allerede blevet enige om at kæmpe mod Furierne. Først skal vi gøre os klar til at formulere en plan. Når vi er klar, vil vi tilintetgøre dem. Hvis I er kommet for at skynde på os, for at skubbe os i kamp, før tiden er inde, så vil jeg som valgt leder gerne trække mig tilbage. Vi er bare børn, og du beder os om at sætte vores liv på spil. Jeg er ikke, og vi er ikke, villige til at gå videre, før vi er fuldt forberedte.«

Lia rejste sig først og begyndte at klappe, og resten af hendes team sluttede sig til.

»Hvad han sagde,« kurrede Alfred, eftersom svaner ikke kan klappe.

»Vent!« sagde Raphael. »Vi er her ikke for at presse dig, vi er her for at hjælpe dig.«

Eriels farve skiftede fra hvid til rød, i ekstrem kontrast til hans sorte tøj. E-Z og de andre så til, mens ærkeenglens hud blev mere og mere rød, og frygtede, at hans hoved ville eksplodere.

»Tag det roligt, og sæt dig ned!« beordrede Raphael. Eriel tog et par dybe indåndinger og sank så ned i sædet igen.

Raphael forblev rolig og holdt hovedet højt. Hun skubbede sin stol tilbage og rejste sig. Og blev ved med at rejse sig, indtil hun var over de andre. Hun satte sig til rette, som om hun kørte på et magisk tæppe, og lagde hovedet på skrå til højre, som om hun poserede til en selfie.

»Vi er engagerede i dig og opgaven, men vores kræfter har begrænsninger. Hvis du kender ordsproget 'vi er her for dig i ånden', så er det, hvad vi er. Vi har tilsidesat alle regler i dag ved at komme her til dit hjem. Vi gjorde det imod vores overordnedes råd og imod sund fornuft.

»Ved at komme her har vi udsat os selv for usete og ukendte farer, men du er risikoen værd.

Derfor besluttede vi at komme og tilbyde vores hjælp personligt.«

»Vi forstår også, at du har lagt en plan, og vi er her som dine sparringspartnere. Du kan afprøve den på os og se, om den virker. Hvis vi ser nogen fejl, vil vi påpege dem og hjælpe dig.«

E-Z kiggede på sine teammedlemmer, som satte sig ned igen. »Vi overvejer muligheden for at trække gudinderne ind i et spil og besejre dem der.«

»Åh, jeg forstår,« sagde Raphael. »Du tror, at du kan slå dem i deres eget spil, så at sige, klogt. Ganske klog, men ikke klog nok, er jeg bange for.«

»Hvad mener du med det?«

»De har fundet ud af, hvordan de kan manipulere og kontrollere alle spillere i spilverdenen. De kender alle tricks i bogen - for branchen har gjort det nemt, når man først er inde i spillet. For at spille skal du dræbe. For at komme videre skal du dræbe. For at vinde skal du dræbe.

»I spilverdenen E-Z skal du også slå ihjel. Når I har gjort det, er I lovligt bytte for Furierne. De kan fange jer en efter en. I kan ikke stå sammen som et hold der. Hold i spillet er blot illusioner. Ingen spiller vil være undtaget fra deres hævngerrige plot.

»Husk, at gudinderne har et mandat - nemlig at straffe de ustraffede. Og de følger det til punkt og prikke, uden hvis, og eller men. Men de bruger en gråzone til deres fordel. Intet kan stoppe dem - forudsat at de holder sig til mandatet.« Hun stoppede op og kiggede på Eriel: »Er der noget, du vil tilføje?«

»Hvis jeg var dig,« sagde han, «ville jeg angribe dem direkte ude i det fri. Hvor og hvornår de mindst venter det. Det ville sætte dig i en magtposition og gøre dem sårbare.«

»Hvis de altså ikke ser os eller fornemmer, at vi kommer efter dem,« sagde Brandy. »Jeg forstår stadig ikke, hvordan de dræber børnene. Vi må se det for at forstå det og for at vide, hvad vi er oppe imod. Jeg sagde, at jeg ville hjælpe, men jeg forventede helt klart mere specifik information.«

»E-Z,« spurgte Raphael, «er du villig til at give mig mine briller tilbage? I et kort stykke tid? Med dem vil jeg kunne vise dig Furiernes teknik. Hvordan de fanger børnene i spillet i realtid. Brandy har ret, at se er at tro, men jeg kan ikke gøre det uden mine originale briller. Det er kun dig, der kan træffe den beslutning. Hvis du virkelig vil se. Hvis du virkelig vil vide det.«

»Fedt,« sagde Brandy. »Lad os komme i gang, E-Z.«

Eriel kiggede op i loftet. »Ophaniel har hidkaldt mig. Jeg må gå nu.« Han bukkede.

ZIP

Han forsvandt ud i natten.

E-Z tog de røde briller af og foldede dem sammen, før han gav dem til Raphael, som stadig svævede over bordet. Da hun rakte ud efter dem, fløj brillerne ind i hendes hænder.

Raphael tog de nye briller af og pudsede de gamle, før han satte dem på hendes ansigt. Hun smilede, mens hun og alle andre i lokalet så blodet bevæge sig rundt i stellet på en slangeagtig måde, som om det var ved at lære hende at kende igen.

Da blodet i brillerne var vendt tilbage til sin Raphael-strøm, satte hun dem på sit ansigt og pegede derefter op mod væggen, mens der kom kraftigt lys ud af brillerne, som man ville forvente at se i en biograf.

»Før vi begynder,« sagde Raphael, «dette er ikke for sarte sjæle. Det, du skal til at se, er klassificeret som voksenledsagelse. Jeg synes ikke, Haruto skal se det.«

Samantha sagde: »Kom nu, Haruto. Du og jeg kan se lidt fjernsyn i det andet rum.«

De to gik. Og udsendelsen begyndte.

På skærmen var der en lille dreng. Omkring syv, måske otte år gammel. Selv om det var midt om natten, sad han foran computeren. På hovedet havde han hovedtelefoner. Foran hans mund var der en lillebitte mikrofon, som var fastgjort til hans hovedtelefon.

»Gotcha!« sagde han. »Jeg skal bare dræbe én mere, så er jeg på næste niveau.«

HHIIIIIIISSSSSSSSS.

Og de kunne også høre det.

»Du er en morder!«

"Kun slemme drenge slår ihjel - og du er en slem dreng. Ved din mor, hvilken slags bad boy-morder du er?"

»Jeg leger en leg,« sagde han. »Det er kun et spil, og hvis jeg ikke dræber, kan jeg ikke komme videre.«

»Stakkels dreng,« sagde E-Z.

Der blev stille.

Drengen genoptog sit spil. Snart kom tiden, hvor han skulle dræbe igen. Denne gang tøvede han.

"Gør det nu. Du har dræbt én gang, og du ved, at det var sjovt, så gør det bare igen. Du ved, at du gerne vil."

»Nej!« sagde han.

"Det er ligegyldigt. Et drab er alt, hvad vi har brug for!"

Så blev hvæsen meget høj igen, højere, højere, mere højlydt.

»Stop!« skreg han.

»Stop det, Raphael!« skreg Lia.

»Det kan jeg ikke,« svarede ærkeenglen. »I sagde, at I ville se, hvordan de gør det. Hvis nogen af jer er for bange, så forlad rummet eller hold jer for øjnene. Brandy havde ret, I er nødt til at se det med egne øjne. Indtil nu har jeg heller ikke set det.«

HHIIIIIIISSSSSSSSS.

Fortsæt bare. Du har dræbt én gang, du ved, det var sjovt, så gør det bare igen. Du ved, du har lyst til det."

Fortsæt bare. Du har dræbt én gang, du ved, det var sjovt, så dræb bare igen. Du ved, du har lyst til det."

Fortsæt. Du har dræbt én gang, og du ved, at det var sjovt, så dræb bare igen. Du ved, du har lyst til det."

»La, la, la, la,« sang drengen. Han forsøgte at lukke stemmerne ude.

»Han er blevet skør,« sagde hans ven, som også spillede spillet. »Jeg går nu. Vi ses i skolen i morgen, Tommy.«

»La, la, la, la!« Tommy fortsatte med at synge.

Hans puls løb løbsk. Hans hjerteslag accelererede. Det bankede og bankede, som om det ville bryde ud af hans bryst. Han kunne ikke få vejret. Han forsøgte at rejse sig, men hans ben blev til gelé.

Han hørte en stemme i sit hoved. Det lød som hans mors stemme, men det var det ikke.

"Vi skammer os så meget over dig, Tommy. Vi fortjener ikke at have en morder som søn!"

En anden stemme, som lød som hans fars.

"Vores søn er ikke en morder, hvem er du? Du er ikke vores søn."

Tommy græd.

»Jeg er en morder,« sagde han, mens han faldt ned fra stolen og smuldrede til en bold på gulvet.

Nu kom der to stemmer mere fra skærmen. Hans bror Alex og hans søster Katie sang en sang sammen med hans forældre, en sang, der blev sunget til en populær børnemelodi om en morbærbusk. Deres version lød sådan her:

»Tommy er en mur-der-er; mur-der-er, mur-der-er, mur-der-er, Tommy er en mur-der-er, og vi elsker ham ikke længere.«

Stakkels Tommy var helt alene nu.

»Du må ikke give op,« råbte Lia, selv om hun vidste, at han ikke kunne høre hende.

På gulvet, rullet sammen i en kugle, forestillede han sig, at hans mor, far, søster og bror dansede omkring ham. De kredsede om ham som en grib om sit bytte.

»Tommy er en mur-der-er; mur-der-er, mur-der-er, mur-der-er, Tommy er en mur-der-er, og vi elsker ham ikke længere.«

Tommys lille hjerte var knust. Det skubbede sig selv ud af hans krop og fløj væk.

Furierne fangede det og skubbede det ind i en sjælefanger. De smækkede døren i.

Raphael tog brillerne af. I det samme sluttede vægprojektoren. Da hun gav brillerne tilbage til E-Z, trillede en tåre ned ad hendes kind.

Stilheden omkring bordet var øredøvende.

»De får heksene, som Shakespeare skrev om i Macbeth, til at se venlige ud,« sagde Alfred.

»Jeg kan ikke se, hvordan min evne til at camouflere mig eller tale med dyr kan hjælpe, ikke modvirke dem,« sagde Lachie.

»Jeg ville dræbe den ene, dø, komme tilbage, dræbe den anden, dø, komme tilbage og dræbe den tredje,« sagde Brandy. »Lad mig få fat i dem!«

»Vent lidt,« sagde E-Z. »Nu hvor vi har set det, er vi nødt til at tale om det. Før vi kaster os ud i det. Måske skulle vi stemme igen? Vores deltagelse skal være enstemmig.«

Sam tog ordet. »I behøver ikke at skamme jer over at sige nej. Ingen har udnævnt jer til verdens frelsere.«

»Han har ret,« sagde Raphael. »Ingen har udnævnt jer - og alligevel er der ingen andre, der kan gøre det.«

»Hvorfor kan I ærkeengle ikke gøre det?« spurgte Brandy.

»Vi prøvede alt, hvad vi vidste, og det mislykkedes. Det er derfor, vi kom til dig,« sagde Raphael. »Og der er én ting, jeg gerne vil gøre klart for jer alle ... Hvis der nogensinde kommer et øjeblik, hvor I frygter, at enden er nær, så er det på det tidspunkt, vi kommer for at hjælpe jer.«

»Hvordan har du så tænkt dig at hjælpe os, når du lige har fortalt os, at du er ubrugelig?« spurgte Charles.

»Det var det, jeg ville spørge om,« sagde Brandy.

»Hvis, når, enden er nær ... vil vi ærkeengle få andre kræfter. Indtil der bliver brug for dem, sover de kræfter dybt inde i jordens indre.

»I mellemtiden, E-Z, kender du de magiske ord til at kalde Eriel til din side. De samme ord vil bringe mig og de andre, hvis du får brug for os.

»Vi vil komme. Vi vil kæmpe sammen med dig. Men spild ikke opfordringen. For at de gamle kræfter skal vågne, skal der være umiskendelige beviser på, at menneskehedens undergang er nært forestående.«

»Og hvad nu, hvis vi kalder på dig, og de kræfter, du siger, du vil have, ikke kommer. Hvad sker der så?« Spurgte E-Z.

»Så vil vi dø sammen med jer.«

E-Z slog sine næver ned i bordet.

»At se dem i aktion får mit blod til at koge. Vi må besejre dem.«

»Her! Her!« råbte Charles.

»Men først,« sagde Sam, «er du nødt til at fortælle det til børnene, før du sender dem i kamp. Fortæl dem præcis, hvordan du og de andre ærkeengle forsøgte at besejre Furierne.«

»Vi satte en fælde for dem, da vi opdagede, at de var kommet tilbage. Den forrådte os, afslørede os, og så flyttede de til Death Valley. Death Valley er forbudt område for ærkeengle nu.«

»Forbudt område? Hvem har gjort det?«

»Det er et spørgsmål, jeg ikke kan besvare. Jeg ved bare, at et hold uhyre magtfulde ærkeengle ikke var i stand til at bryde igennem de beskyttende barrierer, de har sat op.«

»Er det alt?« Spurgte Brandy. »Det er alt, hvad I har prøvet, og nu vil I have, at vi skal tage over. Helt ærligt.«

Raphael satte hænderne på hofterne: »Vi er ærkeengle, og vores kræfter på jorden er begrænsede.« Hun grinede: »Vores kræfter andre steder er også begrænsede.«

»Okay, okay,« sagde E-Z. »Vi forstår det godt. Vi har ikke noget valg, ikke rigtigt, men overlad det til os.«

»Udmærket,« sagde Raphael. »Men før jeg går, Charles, vil jeg gerne svare på dit spørgsmål. Ærkeenglene har ikke tilkaldt eller frigivet dig. Vi tror, at din tilstedeværelse her er tilfældig.

»Vi tror heller ikke, at Furierne kender til dig. Måske er du et hemmeligt våben. Du har måske enorme kræfter i dig.

»Du sagde, at du ville ønske, at du var blevet bragt tilbage som en fuldvoksen mand. Din alder i dag er vigtig. Vi mener, at børn holder menneskehedens fremtid i deres hænder. Kun børn kan besejre den rene ondskab.«

»Men hvorfor kun børn?« spurgte Charles.

»Fordi de er født rene af hjertet,« sagde Raphael.

Charles satte sig lidt højere i sædet.

Raphael fortsatte: »Charles Dickens, vær ikke bange for at eksperimentere og afdække dit sande jeg. Inden i dig kan der være en dør, som kun du kan åbne. En nøgle.

»Alene det faktum, at der er en blodlinje mellem dig, E-Z og Sam, er betydningsfuldt. Vær ikke bange for at risikere alt for at finde den nøgle. Du er her for at hjælpe med at redde menneskeheden. Det er der ingen tvivl om. Brug din tid her fornuftigt. Gør en forskel.«

Charles græd, for indtil nu havde han følt sig ubrugelig. De andre trøstede og beroligede ham.

»Held og lykke til jer alle sammen,« sagde Raphael.

POW.

Og så var hun væk.

»Når vi overlever det her,« sagde Lia, «og det kommer vi til, holder vi den største sejrsfest nogensinde.«

»Charles,« sagde E-Z. »Hvis Raphael har ret, kan du blive det vigtigste medlem af teamet. Tag dig tid til at lave lidt selvransagelse.«

»Hvordan ransager man sin sjæl?« spurgte han.

»Meditation er en måde,« sagde Brandy.

»Eller at gå en tur i naturen,« sagde Lachie.

»Alenetid, hvor man bare tænker,« tilbød Alfred.

»Lad os få noget søvn og fortsætte diskussionen i morgen tidlig,« sagde E-Z.

»Jeg tror ikke, jeg får meget søvn efter at have set stakkels Tommy,« sagde Lia. »Det var endnu værre, end jeg havde forestillet mig.«

»Ja, stakkels lille Tommy,« var Alfred enig.

»Er alle stadig hjemme?« spurgte E-Z.

»JA« lød det fra alle.

»Men hvad med Haruto?«

»Jeg tror, han stadig vil være med,« sagde E-Z, «men jeg forklarer det hele til Sobo, og så kan hun tale med ham om det. Jeg ville have fuld forståelse for, hvis de meldte sig ud.«

»Men det tror jeg ikke, de gør,« sagde Samantha. »Haruto sover. Han skammede sig, fordi han var for ung til at se, hvad du så. Som om han ikke var en del af holdet.«

»Du gjorde det rigtige ved at tage ham ud af rummet,« sagde Sam. »Det, vi var vidne til, var forfærdeligt.«

»Jeg er enig,« sagde E-Z.

Charles sagde: »Så det er alle for én og én for alle. Ligesom i De tre musketerer.«

»Jeg har altid elsket den bog!« sagde Alfred.

Selv i de værste situationer har bøger altid bragt folk sammen. Hvert medlem af PAFHS9 håbede, at det var én ting i verden, som aldrig ville ændre sig.

KAPITEL 11
DEJA VU

E-Z OG SAM HAVDE ikke meget tid alene længere, men ingen af dem klagede over det. Samantha var bekymret for, at de var ved at miste kontakten og var fast besluttet på at rette op på tingene ved at overraske dem med en Early Bird Breakfast på Ann's Café.

De ankom til køkkenet på samme tid - for de havde begge fået sms'er om at tage tøj på og komme ud i køkkenet med det samme.

»Hvad sker der?« Spurgte Sam.

»Ja, hvad er der galt?« spurgte E-Z.

»Der er ikke noget galt,« sagde Samantha. »I to har en reservation på Ann's, så tag derover lige nu - før alle vågner og vil være med.«

Sam kyssede sin kone.

»Jeg tænkte, at det var på tide, at I også spiste morgenmad sammen igen.«

E-Z gav Samantha et stort knus.

»Skal vi selv finde derhen?«

»Helt sikkert, onkel Sam.«

Sam tog sin rygsæk med den bærbare computer, og så tog de af sted.

Det var en smuk forårsmorgen med masser af fuglesang til at synge serenade for dem på vej til caféen.

»Din kone er ret speciel.«

»Ja, hun er en ud af en million.«

Snart ankom de til caféen. Den var næsten tom, og Ann var ingen steder at finde, men E-Z genkendte hendes søster, Emily. Han havde ikke set hende, siden han var lille.

»Du har ikke forandret dig meget,« sagde Emily og slog armene om ham.

»Det har du heller ikke,« sagde E-Z med dæmpet stemme, da hun kvalte ham i sin store sweater. »Og det her er onkel Sam.«

»Jeg kan godt se ligheden,« sagde Emily og gav ham et fast håndtryk. »Jeg har det perfekte bord til dig, følg med mig.«

Da de gik forbi deres sædvanlige bord, tøvede han og kiggede på sin onkel. »Har du noget imod, at vi sætter os ved det her i stedet, Emily?«

»Selvfølgelig!« Emily sagde, lagde sølvtøjet frem og rakte ham menukortene. »Kaffe?« Sam nikkede, og hun hældte et dampende varmt krus op til ham.

»Skal du have det sædvanlige?« spurgte hun E-Z. Min søster fortalte mig, hvad det kunne være.«

»Helt sikkert.«

»Og det var en tyk chokoladeshake, har jeg ret?«

Hun havde ret.

»Og du, Sam?« spurgte hun. »Hvad skal du have i dag?«

»To af det, min nevø skal have,« sagde han, «men drop den tykke shake. Kaffe er den eneste drik, jeg har brug for her til morgen.«

»Okay!« sagde hun, og så gik hun ud i køkkenet.

Sam åbnede sin bærbare computer og lukkede den igen.

»Det er rart at komme til et sted, hvor alting altid er det samme,« sagde E-Z.

»Jeg burde tage Sam og tvillingerne med hertil en dag. Jeg vil gerne støtte de lokale virksomheder, og det er et godt eksempel at sætte for Jack og Jill.«

»Helt sikkert. Dette sted har kun gode minder for mig,« sagde E-Z. »Men en af dagene vil jeg tage chancen og bestille noget anderledes. Jeg er nødt til at være et godt eksempel for mine fætre og kusiner, ikke sandt?«

Sam grinede og tog en slurk af kaffen. Et øjeblik senere kom Emily forbi og fyldte koppen op igen. »Det er, som om hun har øjne i baghovedet.«

E-Z grinede. Hans tanker kredsede om et bestemt emne, som han gerne ville diskutere: Furierne. Samtidig havde han ikke lyst til at gå ind i den tunge samtale lige med det samme.

»Så min kone har et hus fuld af gæster, der skal fodres, når alle står op.«

»Sobo vil hjælpe.«

»Ja, men jeg synes ikke, vi skal udnytte det. Jeg vil gerne have, at vi kan lave en gentagelse, hvis du forstår, hvad jeg mener?«

»Helt sikkert. Så lad os komme i gang.«

Sam åbnede sin bærbare computer igen. Denne gang tændte han den og skrev i søgemaskinen:

Hvordan man besejrer Furierne.

E-Z nikkede, da hans shake blev sat ned foran ham. Han forsøgte straks at nippe lidt til sin tykke shake, men den var for tyk til, at han kunne få noget gennem sugerøret - og det var lige sådan, han kunne lide det. »Noget nyttigt?«

»Der står, at Erinyes - eller Furierne - kun kan formildes ved rituel renselse.«

»Hvad betyder det?«

»Jeg tror, det betyder, at du skal udføre en gerning - på deres anmodning, som forsoning.«

»Betyder forsoning ikke det samme som bod? Det kan jeg ikke lide lyden af,« sagde E-Z. »Vi har ikke gjort noget for at gøre det godt igen.«

»Det kan også betyde forløsning. Tilbagebetaling. Reparation. Restitution.«

»De fire R'er, det er iørefaldende, men jeg spørger igen, hvad vi skal betale dem tilbage for?

»Tænk ud af boksen,« sagde Sam. »Hvad nu, hvis du kunne gøre noget for at få dem til at gå en tur og lade børnene og sjælefangerne være?«

E-Z grinede. »Hvis der var en måde, ville det være perfekt. Men det er også for nemt.«

Sam kløede sig i hovedet. »Her står, at furierne straffede mænd og kvinder for forbrydelser efter døden og i deres levetid. Det er det, de gør nu - børn, ikke voksne. Det vidste jeg ikke.«

»Det, jeg ikke forstår, er hvorfor. Hvorfor er de tilbage nu? Hvad har ændret sig ...«

»Alle sammen gode spørgsmål, som jeg ikke kan svare på,« sagde Sam. »Men her er noget interessant. Der står, at de som skæbnegudinder forhindrede mennesket i at lære om fremtiden.«

»Hvordan præcis?«

»Det står der ikke noget om,« sagde Sam, netop som Emily kom igen for at opfriske hans kop kaffe. »Bare lidt,« sagde han. Han var bange for, at han ville flyde hjem, hvis han drak mere kaffe.

»Din morgenmad kommer om et øjeblik,« sagde hun. »Jeg håber, I er sultne!«

»Det er vi helt sikkert,« sagde E-Z, mens han forsøgte at drikke sin tykke shake igen og havde held med at få noget op gennem sugerøret.

Emily smilede og gik så hen for at hilse på nogle nye kunder.

»Før alt det her,« sagde Sam, «havde jeg aldrig hørt om furierne. Der står her, at de i både græsk og romersk mytologi var retfærdighedens og hævnens ånder. Deres andet navn Erinyes betyder de vrede.« Han scrollede ned. »Jeg kan se nogle få omtaler i spilverdenen. Ingen af de adjektiver, der bruges til at beskrive dem, er i modstrid med det, vi allerede ved, dvs. at furierne er onde, uhyggelige væsener, der ikke viser nogen nåde.«

»Jeg ville ønske, at PJ og Arden var tilbage hos os. Med deres troldmandsviden ville de sikkert vide, hvad vi skulle gøre. Lige siden vi mistede dem, har jeg ærgret mig over, at jeg mistede kontakten. Alt sammen fordi jeg blev for selvoptaget af at være superhelt. Jeg savner virkelig de fyre.«

»De ville ikke ønske, at du sparkede dig selv. Og jeg savner også at se dem.«

Emily satte maden på bordet. »Velbekomme!« sagde hun.

E-Z og Sam spiste grådigt og talte ikke sammen i et stykke tid. Efter en masse lyde af madglæde genoptog de deres samtale.

»Jeg tænkte lige på planen - at besejre dem inde i spillet. Det lød godt - eller det troede vi, indtil Raphael fortalte os noget andet. Men det var godt, hun sagde det ligeud, for ellers ... ja, jeg vil ikke engang tænke på, hvad der kunne være sket med nogen af børnene.«

»Alligevel tænker jeg, at furierne må have en akilleshæl. Kan du huske den historie?«

»Ja, det gør jeg. Hvis de har et svagt punkt, ved jeg ikke, hvad det er. Vi ved, at de er dødelige ligesom os. Hvis de kan dø ligesom os, så er det i det mindste lige vilkår.«

»Lad os fokusere lidt mere på deres svagheder: vrede, modvilje, hævngerrighed.«

»Det er de samme ting, som de straffer andre for, så hvordan kan det være deres svagheder?« spurgte E-Z, mens han proppede en gaffelfuld pandekager i munden. »Så godt.«

Sam nikkede: »Det er de helt sikkert.« Han tog endnu en slurk af kaffen. »Det er sandt, og det betyder, at vi måske kan bruge de samme ting, som de straffer andre for, imod dem.«

»Men hvordan?«

»Det ved jeg ikke - ENDNU.«

»Vi har måske brug for mere end én af disse sessioner for at få styr på tingene,« sagde E-Z. Hans anden tallerken fuld af pandekager blev sat ned på bordet foran ham.

»Ann har lige ringet og sagt, at jeg skal sørge for at tage en ekstra portion pandekager med til dig,« sagde Emily.

»Tak for det. Og sig til Ann, at jeg håber, hun snart får det bedre.«

»Det vil jeg gøre. Mere kaffe?«

Sam nikkede, så hun fyldte hans kop op. Da Emily gik, sagde han: »Øh, jeg er tilbage om et øjeblik« og gik ud på badeværelset.

E-Z vendte skærmen mod ham og skrev:

HVORDAN DRÆBER JEG FURIERNE?

Der dukkede nogle svar op, men de handlede alle om, hvordan man slår de tre gudinder som figurer i spilverdenen.

Sam vendte tilbage. »Fandt du noget?«

»Ikke noget brugbart. Men der står, at Furiernes rødder måske går helt tilbage til forhistorisk tid.«

»Nå, men Babys slægt går også ret langt tilbage.«

»Du skulle have set, hvor hurtigt han slugte den ildkugle! Uden et sekunds tøven.«

Da de var færdige med at spise, takkede de Emily og tog hjem. De var så mætte, at de ikke troede, de nogensinde skulle spise igen.

»Det var virkelig rart at tilbringe formiddagen sammen med dig,« sagde E-Z. »Det føltes som i gamle dage.«

»Ja, det gjorde det. Lad os gøre det igen snart. I mellemtiden bør vi tænke mere over, hvad vi har lært i dag, for som det gamle ordsprog siger - hvor der er en vilje, er der en vej.«

»Sandt, sandt, onkel Sam. Det er sandt.«

KAPITEL 12
TILBAGE I HUSET

DA DE KOM TILBAGE til huset, var det første, Sam gjorde, at kaste armene om sin kone. Hun var glad for at se ham, men hun havde hænderne fulde med at forberede morgenmaden.

»Jeg er glad for, at du nød det,« skreg Samantha.

»Er der noget, jeg kan gøre for at hjælpe?« spurgte Sam, mens han vurderede situationen med tvillingerne.

»Der er styr på det hele,« sagde Samantha, mens tvillingerne bag hende gav et skrig fra sig.

Mest fordi Haruto havde holdt en pause i sin version af hon no piku, som oversat betyder kiggeri. I Harutos version lavede han en grimasse og snurrede så hurtigt rundt, indtil han forsvandt, og så dukkede han op igen, og tvillingerne fniste.

»Det er meget kreativt!« sagde Sam, da Lachie trådte til for at overtage den underholdende rolle.

Lachie gik direkte i gang med et par dyreimitationer og fik strålende anmeldelser fra tvillingerne, da han grinede som en kookaburra:

koo-koo-koo-kaa-kaa-KAA!-KAA!-KAA!

Så var det Charles' tur til at underholde med sin historie kaldet De tre kampesten.

»Iwa?« sagde Haruto, hvilket oversat betyder kampesten.

»Ja,« sagde Charles, mens E-Z og Sam trak sig tilbage til døråbningen for også at lytte til historien, mens Alfred, Sobo, Brandy, Lia og Samantha fortsatte med at forberede maden.

»Der var engang,« begyndte Charles, «en bakke højt over Den Engelske Kanal. På den lå der mange, mange kampesten. Faktisk for mange til at tælle.

»På denne særlige dag rullede en stor og tung lastbil op ad bakken, mens den knirkede og kværnede med sine gear. Da den nåede toppen, indsatte den en stenløfter, som kæmpede med vægten af hver enkelt sten. I løbet af nogle timer lykkedes det at samle så mange af stenene op, som den kunne. Indtil lastbilens bagende var fuld. Men ikke overfyldt. Overfyldning betød, at sten ville trille af lastbilen, når den bevægede sig, hvilket skulle undgås for enhver pris.

»Lastbilen kørte ned ad bakken. Den tømte kampestenene over i en anden større lastbil. En lastbil, som var for stor til overhovedet at komme op ad bakken, og som ikke havde nogen løftemekanisme. Da den mindre lastbil var tom igen, kørte den tilbage op ad bakken. Snart var den igen fuld af kampesten.

»Denne proces blev gennemført flere gange, indtil den større lastbil var fyldt helt op til toppen. Alle de resterende kampesten skulle transporteres i den mindre lastbil. Nu, hvor begge lastbiler var fulde, var det tunge arbejde færdigt. Så var det frokosttid. Og mændene spiste deres sandwich og drak deres termokander fulde af varm, sød te.

»Tilbage på toppen af klippen var der kun tre ensomme kampesten tilbage. De var triste over at have mistet deres venner og følte sig afviste, uønskede, unødvendige og ret vrede på samme tid. Det kan være forvirrende at føle for mange følelser på samme tid, men det kan hjælpe at dele følelser med venner, så de tre kampesten diskuterede deres situation.«

»Hvad laver de med alle vores venner?« spurgte den første sten, som hed Rocky.

»Det ved jeg ikke,« sagde den anden sten, som hed Pebbles. »Måske har de også brug for venner, der hvor de skal hen. Jeg vil helt sikkert savne dem.«

»Nej,« sagde den tredje sten, som var ældre og klogere, og som hed Craggy. »De tager dem ikke med for at se verden. Heller ikke for at være deres venner. Ved du ikke, at de knuser os for at lave deres veje?«

»Nej!« Rocky og Pebbles råbte. »De kan ikke banke vores venner til mos!«

»Jeg ville ønske, at de også havde taget mig,« sagde Craggy. »Jeg er for gammel til at blive ved med at sidde heroppe i alt det dårlige vejr. De hårde vinde bryder gennem mit yderste lag, og jeg ville ikke have noget imod at tilbringe min fremtid som vejarbejder. Så ville jeg i det mindste have et formål.«

»Et formål?« Rocky udbrød. »Kalder du det at blive knust og kørt over hver dag og hver nat for et formål?«

»Det er bedre end at sidde her, bare os tre, i al evighed. Jeg er træt af vinden og regnen og alt det andet,« sagde Craggy.

»Hvis du er så ivrig,« sagde Pebbles, «så skal du bare rulle dig ud over kanten. Så falder du lige ned bag i lastbilen, og så er du væk sammen med resten af vores venner.«

»Åh, det er for langt væk,« sagde Rocky, mens han rullede sig lidt tættere på kanten. »Har du virkelig så meget lyst til at forlade os? Kan du ikke finde et formål ved at blive her hos os? Vi har brug for dig. Du er ældre og klogere.«

Craggy bevægede sig hen mod kanten og kiggede ud over kanten. Det var sandt, lastbilen var lige der. Et par svedperler dryppede ned. Enten var det svedperler eller tårer.

»Der er frygtelig langt ned,« sagde Craggy. »Og det ville ikke være rigtigt af mig at efterlade jer to unger alene.«

Pebbles sagde: »Og hvad nu, hvis I overså lastbilen og kørte i småstykker dernede! Så ville vi være heroppe med den fantastiske udsigt, og I ville være helt alene dernede.«

»Desuden,« sagde Rocky, «kommer de måske tilbage efter os en dag. I mellemtiden kan vi sludre og nyde udsigten og den friske luft.«

Under dem startede lastbilen igen.

CHUGGA CHUGGA VROOM, VROOM.

»Det er nu eller aldrig,« sagde Craggy, da lastbilen kørte væk.

»I det mindste er vi sammen,« sagde Rocky.

»De tre klippeblokke stimlede sammen skulder ved skulder. De vendte ryggen til vinden, indåndede den friske luft og kiggede ud på det smukke syn af solen, der gik ned i horisonten.

»Moralen i historien er,« begyndte Charles...

Det var de sidste ord, E-Z hørte, før han var tilbage i den forbandede silo igen.

KAPITAL 13
SILO

VELKOMMEN TILBAGE!« SAGDE STEMMEN i væggen med en overstadighed, der fik E-Z's skuldre til at spænde, som om nogen stod på dem. Han tøvede med at svare, men rullede skuldrene først frem og så tilbage i håb om at lette spændingen.

»DOT. DOT,« sagde en anden stemme i væggen, men denne gang var stemmen mere stille, næsten en hvisken.

Han åbnede munden for at svare, men der faldt ham ikke noget ind, så han forblev stille, bortset fra at han knipsede med fingrene i håb om, at det ville lette hans anspændte krop.

Den første stemme spurgte med en mere beroligende tone: »Jeg kan se, at du er anspændt og bekymret. Er der noget, du kan få tiden til at gå med, mens du venter? Noget at drikke? En bog? En rejse i tankerne?«

Hun var meget skarpsindig af en stemme i væggen at være, og det hjalp ham til at slappe lidt af, men han var ikke meget for at tage imod hendes tilbud, da han ikke anede, hvad en rejse i tankerne ville indebære.

»Jeg kan se, at du tøver ...«

Han satte sig rank og høj i stolen og trommede med fingrene på armene, som om han rockede til Deep Purples Smoke on the Water. Han og hans far havde duelleret på en forældet version af Guitar Hero, og de havde haft det sjovt. Når han huskede det øjeblik nu, fik det ham til at føle, at hans far var i siloen sammen med ham.

»Er du sikker på, at du ikke vil have en rejse i dit sind?« spurgte kvinden i væggen igen. »Du vil få det sjovt!«

En eksplosion. Det ord havde han lige brugt i tankerne til at beskrive Guitar Hero-ing med sin far. Kvinden i væggen kunne uden tvivl læse hans tanker.

»Øh, hvad er det helt præcist?« spurgte han. »Jeg siger ikke, at jeg har lyst til at prøve det, ikke før jeg ved mere om, hvad det indebærer.«

»Jamen, det er et sted, jeg kan sende dig hen. Et særligt sted, hvor du kan udleve en drøm.«

Det lød utroligt ... og før han kunne nå at svare ...

DUH DUH DUH,

DUH DUH DUH DUH

DUH DUH DUH

DUH DUH.

Han stod på scenen og spillede leadguitar med et band, som han straks genkendte som det oprindelige Deep Purple.

Forsangeren, som havde forladt bandet, men som spillede den originale leadguitar på Smoke in the Water, så ikke ud til at have noget imod, at E-Z nu spillede hans rolle og heller ikke gjorde det dårligt. Sangeren gav ham tommelfingeren op og gik derefter over scenen til E-Z, som sad i sin kørestol. Sammen spillede de et par riffs, mens publikum skreg, jublede og klappede. Før han vidste af det, var han tilbage i siloen igen, men den anspændte følelse, han havde oplevet tidligere, var nu helt væk.

»Tak skal I have! Uh, det var helt fantastisk! Jeg kan ikke sige, hvor meget det betød for mig. Jeg vil aldrig glemme det. Aldrig!« Han tøvede og tænkte, at det eneste, der kunne have gjort det bedre, ville have været, hvis hans far havde været deroppe på scenen sammen med ham.

»Jeg er ked af, at jeg ikke kunne få din far med ... men det var kun en forsmag. Og du er meget velkommen. Bliv nu siddende. Ventetiden er et minut.«

»Så tror jeg, at den ægte vare ville slå benene væk under mig!« sagde E-Z, mens han lænede hovedet tilbage og genlevede oplevelsen igen og allerede følte sig så afslappet, at han kunne have taget en lur.

PFFT.

Duften var anderledes denne gang, pebermynte og noget andet, som han ikke helt kunne sætte fingeren på.

»Det er rosmarin,« sagde stemmen i væggen.

»Ganske forfriskende.« Hans øjne var lukkede, og han drev rundt i sine tanker, da taget over hans hoved gabte. Han rystede på hovedet og åbnede øjnene for at forberede sig på det, der skulle komme.

Lysstråler slog ind i metalcontaineren, hoppede og blev kastet tilbage fra væg til væg. Han holdt sig for øjnene for at beskytte dem mod det foruroligende lysshow. Da det hoppende lys ophørte, faldt en skikkelse ind gennem det åbne tag. Sikke en entré, hun havde gjort. Det var Raphael.

»Øh, hej,« sagde han. »Det var noget af en entré.«

»Jeg er blevet forfremmet,« indrømmede ærkeenglen, «og det er nødvendigt med en vis udsmykning. Måske lidt for meget i dette tilfælde, men det er en relativt ny forfremmelse. Alle forfremmelser har en indlæringskurve.«

»Tillykke med forfremmelsen.«

»Tak, lad os nu komme til sagen om, hvorfor du er her.«

»Helt sikkert.«

E-Z ventede tålmodigt på, at Raphael skulle tale igen, men det gjorde hun ikke i nogen tid. I stedet flaksede hun rundt som en fugl, der afprøver sine vinger for første gang. Var hun ved at blære sig? Hvis ja, hvorfor? Så så han det, hun havde et par helt nye briller på. De var større og mere markante med større stel og tykkere glas og fik hende til at ligne en kvindelig udgave af mr. McGoo.

»Øh, pæne briller,« løj han.

»De var ikke mit første valg,« indrømmede Raphael, «men de må være gode nok.« Hun rykkede tættere på, hvor han sad, og svævede. »Det ser sådan ud.« Hun stoppede op og bevægede sig ubehageligt rundt.

SKIDOO

Der kom en stol, som hun satte sig i et øjeblik.
SKIDOO

Og så var den væk. Hun svævede igen. Placerede sin åbne håndflade på siden af sit ansigt. »Vi er blevet gjort opmærksomme på et par ting. Jeg mener det ikke i kongelig forstand, jeg mener det som i alle ærkeengle.«

»Som for eksempel?«

Igen blev hun urolig.

»Skal jeg bede væggen om at sprøjte noget lavendel på dig for at få dig til at slappe af? Du virker ret anspændt.«

Så var hun i ansigtet på ham og skreg: »LAVENDEL VIRKER IKKE PÅ ÆRKEENGLE! Det er en modbydelig, menneskelig...« Hun tog en dyb indånding. »Jeg er meget ked af det.«

»Det er helt i orden. Jeg forstår godt, at du har dårligt nyt at fortælle mig. Det er bedre at rive plasteret af. Hvad jeg mener er, at du bare skal sige det ligeud.«

»Udmærket. Så er det nu.«

E-Z lænede sig tættere på: »Okay, skyd.«

Fra højttalerne i væggen blev der spillet en sang, noget med at skyde en sherif.

Han nynnede først med. »Stop!« Kommanderede E-Z. »Og fortæl mig, hvorfor jeg er her.«

»Han vil gerne gå lige til sagen,« sagde Raphael til sig selv. »Jamen så er det her. Jeg går lige til sagen.«

»Okay, så gør du det.« sagde E-Z og ønskede, at hun ville gøre det.

»I en nøddeskal,« sagde hun, «er Eriel blevet taget på fersk gerning - i at spille for begge sider.«

»Spiller hvad?« Så skete der noget i hans hjerne. »Nej, du kan da ikke mene, at han forrådte os?«

Hun bankede med sin knoglede finger på hagen, mens E-Z åbnede og lukkede munden som en lille fisk i vandet.

»Jo, Eriel var personligt ansvarlig for din veninde Rosalies død. Han var også ansvarlig for ødelæggelsen af Det Hvide Rum. Alt sammen ham. Alt sammen Eriel.«

E-Z tog det hele ind. Stakkels Rosalie. »Vent! Arbejdede han ikke for dig? Jeg mener, var det ikke dig, der havde ansvaret for ham? Hvordan kunne det ske på din vagt? Jeg har læst nogle ting om ærkeengle, men at forråde børn, der frivilligt hjælper dig, er så lavt, som man kan komme. Jeg går ud fra, at leoparder ikke ændrer deres pletter.«

»Jeg havde ikke ansvaret for Eriel. Han og jeg var kolleger, kammerater. Vi arbejdede sammen, og jeg troede, at vi respekterede hinanden. Jeg tog fejl.«

»Og alligevel blev du forfremmet.«

»Det blev jeg, men de to ting var ikke direkte forbundet. Det eneste, jeg kan sige, er, at Eriel engang var en af os, men det er han ikke længere. Efter at have forrådt os og dig. Efter at have vendt ryggen til sine principper - alt, hvad vi står for - er han ude. Jeg mener permanent ude.«

E-Z gispede. »Siger du, at Eriel har afsløret os? Med os mener jeg mig og mit team?«

»Michael, som er vores leder, har udspurgt Eriel. Det krævede en del at få ham til at tale. Men han har tilstået at have bragt Furierne tilbage til jorden. At han brugte dem til at fremme sin position. Der er ingen forløsning. Ingen tilgivelse for Eriel.«

»Jeg er målløs. Hvordan kunne det ske?«

»Hvordan? Hvis vi vidste hvordan, ville vi vide hvorfor - og det gør vi ikke. Det, vi ved, er, at han er Eriel, og Eriel gør altid, hvad der er bedst for Eriel. Vi vidste, at han havde problemer, og alligevel blev vi ved med at give ham muligheder for at bevise sit værd - og når han svigtede os, tilgav vi ham og gav ham endnu en chance og endnu en chance. Vi blev ved med at tro på ham indtil nu. Han er færdig. Færdig.«

»Færdig? Mener du død? Dør ærkeengle? Og hvorfor gav du ham så mange chancer? Kender du ikke ordsproget, tre strikes og du er ude?«

»Jo, jeg har hørt den baseballterminologi, men vi er ærkeengle, og det forventes, at vi alle fejler eller får tilbagefald på et eller andet niveau. Og du har ret i det med Edens Have. Vores historie går langt tilbage ... men vi troede, at vi gjorde det bedre, forbedrede os. Jeg er selv skytshelgen for unge mennesker som dig og dine venner.

»Derfor foreslog jeg, at vi samarbejdede med jer om at besejre de forfærdelige furier. Det var jo Eriel, der opfordrede mig til det. Det var ham, der opdagede dig. Som sendte Hadz og Reiki til dig. Indtil de forfærdelige søstre kom, tilføjede vi noget positivt til jeres liv ... Vi gav jer et formål. Kan du huske de gange, hvor du havde lyst til at give op? Det gjorde I ikke, fordi vi hjalp jer med at fortsætte.«

»Okay, jeg forstår, at Eriel er en skurk. Men hvad betyder det for mig og mit hold? Som jeg ser det, er vores mission blevet kompromitteret. Så vi er ude, og jeg synes, du skal gå videre til plan B.«

»Problemet er,« sagde Raphael og stoppede så op, da loftet ovenover åbnede sig igen, og Ophaniel kom svævende ned mod dem uden nogen som helst dikkedarer.

»Det er længe siden, vi har set hinanden,« sagde Ophaniel henvendt til E-Z. Og så til Raphael: »Er han oppe i fart?«

»Ja, det er han. Og jeg er glad for, at du er her, for han vil gerne vide, hvad vores plan B er.«

Ophaniel nikkede. »Udmærket. For at sige det så klart som muligt, så har vi ikke nogen plan B eller C eller D - for du og dit team var alle vores planer på én gang.«

E-Z rystede vantro på hovedet. »Har I ærkeengle ikke hørt udtrykket, at man ikke skal lægge alle sine æg i én kurv?«

Ophaniel grinede. »Jo, det stammer fra Cervantes' Don Quijote, men det har aldrig rigtig givet mening for mig. Måske fordi vi ærkeengle ikke spiser æg. Bare tanken om deres geléagtige æggehvide - føj - giver mig lyst til at kaste op.«

»Også mig,« sagde Raphael og holdt sig for munden med bagsiden af hånden. »Ud over at de ser ulækre ud, hvorfor lægger man så overhovedet æg i en kurv? Hvorfor ikke en skål? Hvis man tilbereder æg …«

»Enig,« sagde Ophaniel. »Jeg har set Jamie Oliver lave en omelet. Han bruger en skål først, og så koger han dem.«

»Åh, bror, og jeg kan ikke tro, at I ærkeengle ser fjernsyn, og slet ikke Jamie Oliver.« Han rystede på hovedet. »Det betyder, at hvis du lægger alle æggene sammen på ét sted - i en kurv, en skål eller en pande, eller hvad du nu foretrækker - og du taber kurven, skålen eller panden, så går alle æggene i stykker og bliver ødelagt af skallerne, og så har du ingen æg til morgenmad.«

»Men lægger høns ikke æg hver dag? Så hvis du ikke får æg i dag, kommer du bare igen i morgen,« sagde Ophaniel.

»Hvad er en dag uden æg?« spurgte Raphael.

E-Z åbnede sin hånd og slog den mod sit hoved. »Argghh!« Ærkeenglene kiggede på ham og ventede, mens han trak vejret meget dybt og derefter udåndede meget højt. »Hvad skal vi gøre ved denne Eriel-situation?«

»For det første,« sagde Ophaniel, «vender vi tilbage til jer i dag på jeres særlige anmodning, trommehvirvel - jeres to venner ...«

POP

POP

Hadz og Reiki, eller hvad der lignede de to wannabe-engle, ankom. De var sorte af sod fra top til tå. Deres kronblade var skæve, flossede, nogle var åbne og oprejste, andre var døde og visne. Deres vinger hang, som om de havde glemt, hvordan man flyver, eller ikke længere havde viljen til det, og deres ansigter, deres ansigtsudtryk var præget af ekstrem fortvivlelse.

»H-hvad er der sket med dem?« spurgte han.

Ophaniel rykkede tættere på de to fordrevne wannabe-engle, og de trak sig tilbage.

»I er i sikkerhed nu,« sagde Raphael med en blød moderlig stemme, som fik dem til at bryde ud i hulk, der blev til jammer.

Ophaniel holdt sig for ørerne, rykkede tættere på E-Z og hviskede. »Eriel havde fængslet dem. Det tog os noget tid at finde dem denne gang. De stakler kunne ikke gøre for det, fordi han fratog dem deres kræfter.«

»Stakler,« sagde E-Z.

E-Z, Ophaniel og Raphael vendte sig mod væsnerne. Hadz og Reiki forsøgte at smile. De kom ikke engang tæt på.

De to kastede sig rundt, som om de afværgede en flok gribbe.

»Vær stille,« sagde Ophaniel.

Hadz og Reiki holdt op med at bevæge sig. Nu sad de som et par beskidte dukker med øjnene rettet mod intet og ingen. De var en skygge af sig selv.

»Jeg vil ikke være uhøflig,« hviskede E-Z, «men i deres nuværende tilstand vil de ikke være til megen hjælp for os. Hvis du altså kan overbevise os om, at vi skal gå videre med denne plan under disse omstændigheder.«

E-Z's ord ramte de to wannabe-engle som et slag i ansigtet.

POP

POP

»Hvor er det uhøfligt og unødvendigt grusomt!« skældte Ophaniel ud, før hun forsvandt.

ZAP

»Du har vist os en meget grusom side af din karakter, E-Z Dickens, og hvis din mor og far var her, ville de skamme sig over dig.«

»Undskyld,« sagde E-Z, «men du skal aldrig tale til mig om mine forældre. For jer ærkeengle er de forbudt område. Er det forstået?«

Raphael nikkede.

»Desuden var det ikke min mening at såre deres følelser. Selvfølgelig kan vi bruge dem. Hvis vi skal kæmpe mod Furierne, får vi brug for al den hjælp, vi kan få. Kom nu tilbage, Hadz og Reiki. Giv mig en chance til.«

Der skete ingenting.

E-Z prøvede igen. »Kom tilbage, og I vil være meget velkomne medlemmer af vores team.«

POP

POP

Parret var nu rene og pæne som deres gamle jeg.

»Velkommen tilbage,« sagde E-Z.

Hadz og Reiki fløj over til ham. De satte sig hver især på en af hans skuldre. De rystede ufrivilligt, bange for deres egne skygger.

»Det skal nok gå,« sagde han. »Vi passer på jer, nu hvor I er en del af vores team.«

De forsøgte at smile, og han satte pris på indsatsen.

»Så,« sagde E-Z, «hvad fortalte Eriel egentlig Furierne om os?«

»Han fortalte dem, at vi sendte børn for at besejre dem - det er alt.«

»Er det, hvad han har fortalt jer? Hvordan ved vi, at han ikke lyver? Og hvordan finder vi ud af, hvad Furiernes slutspil er?«

»Vi tror, vi ved, at Furiernes og Eriels slutspil var at kontrollere Jorden. De ville ramme EARTH PAUSE og gøre den til et nyt Hades, dvs. et helvede på jorden. Hvor de kunne herske ved at danne et team af sjæle, som ville være i deres vold. Ja, de ville lade sjælene gå frit omkring, men når de først havde fået deres frihed, ville de være nødt til at opgive den.«

»Hvorfor skulle de gå med til at opgive den?« spurgte han.

»Fordi mennesker, selv menneskesjæle, ikke kan håndtere begrebet frihed. I stedet foretrækker de at være begrænsede. Mangel på frihed er menneskets sikkerhedstæppe.«

»Det er løgn,« sagde E-Z. »Det gør mig så vred! Vi mennesker kan sætte pris på vores frihed. Vi elsker naturen, at kunne indånde luften, at dele vores tanker og følelser med andre, at sætte pris på verden og alt, hvad vi har i den.«

»Vred nok til at kæmpe for din og andres frihed?« Sagde Ophaniel.

E-Z havde slet ikke bemærket, at hun var kommet tilbage.

»Ja,« sagde han. »Men sig mig, i deres nye verden ville de kun vælge de sjæle, som de kunne kontrollere. Hvad ville der ske med de andre?«

»De ville flyde rundt i al evighed uden noget hjem,« sagde Raphael. »I deres nye verden ville livet efter døden være elimineret. Jorden ville for evigt være i en tilstand af pause. Sjæle ville forblive i kroppe, som ikke længere var levende, og de ville heller ikke være døde. Ikke flere hjerter ville slå. Der ville ikke blive født mere kærlighed eller flere børn. Ingen sjæle til at stige op - længere - nogensinde.«

E-Z forblev stille, tænkte og tog det hele ind.

Stemmen i væggen spurgte: »Er der nogen, der vil have en forfriskning?«

»Nej tak,« sagde han, men han var glad for afbrydelsen, for den bragte ham tilbage til øjeblikket. »Jeg forstår godt, hvad Eriel brugte Furierne til. Faktum er, at han er en ærkeengel ligesom dig, og du vidste, at han havde problemer, men alligevel gav du ham chance efter chance, selv når han ikke fortjente det.

Så nu undrer jeg mig over, hvorfor vi, jeg og mit team, skal ordne det, som en af dine egne ærkeengle har ødelagt?«

»Fordi ...« begyndte Raphael.

»Jeg var ikke færdig endnu,« sagde E-Z, «før da du og Eriel besøgte mit hus, da han mødte min familie og de andre teammedlemmer, troede vi, at han var på vores side. Han har set, hvor vi bor. Han ved alt om os. Vi er i stor fare på grund af ham.«

»Det er sandt,« sagde Ophaniel.

»Ubestrideligt, og vi er meget kede af det,« sagde Raphael.

»Få Eriel til at kalde dem tilbage. Han skabte dette rod, og han bør rette op på det.« Han slog sine knyttede næver ned på stolens armlæn, hvilket fik Hadz og Reiki til at hoppe og ryste. Han klappede de kommende engle på hovedet. »Det er okay, jeg er ked af at gøre jer kede af det.«

»Bravo!« Jublede Hadz.

»Hurra!« råbte Reiki.

Raphael og Ophaniel sagde i kor: »Eriel er fanget dybt inde i jordens indre. Han er et sted, hvor intet menneske tør gå hen. Han kan kort sagt ikke nås.«

»Men vi slap ud af minerne en gang,« sagde Reiki.

»To gange,« sagde Hadz.

»Han er ikke i minerne, han er et andet sted, længere nede, ikke så langt nede som i ilden, men et andet sted, hvor det er så koldt, at alt bliver til is, selv blodet, der flyder i årerne. Et sted, hvor intet menneske kan overleve!

»Eriel er også magtesløs der, da hans er blevet fjernet. Han er under lås og slå, han ser ingen. Hører ingenting. Han vil aldrig få lov til at forlade det sted - ALDRIG.«

»Jeg vil gerne tale med ham,« sagde E-Z. »Jeg er nødt til at stille ham spørgsmål - spørgsmål, som kun han kan besvare.«

Raphael og Ophaniel råbte: »Det må du ikke! Det må du ikke!«

»Så trækker jeg mit holds støtte tilbage. Send mig tilbage til mit hjem. Haruto og de andre kan vende tilbage til deres familier.« Han holdt op med at tale, da et glimt af PJ og Arden dukkede op i hans tanker. Hvis han ikke gjorde noget, ville de ligge i koma, måske for evigt.

Han huskede alle de gange, de havde hjulpet ham. Hans første dag tilbage i skolen i kørestol. Dengang de fik ham til at spille baseball igen - alle drengene på holdet var på banen for at hilse på ham. Dengang de hjalp ham igennem det hele, da hans forældre døde. En tåre faldt ned ad hans kind. Han tørrede den væk.

»TAG HAM!« tordnede en stemme i væggen.

Så blev det pludselig meget, meget koldt. Så koldt, at han forestillede sig, at han virkelig kunne mærke blodet i sine årer blive til is.

KAPITAL 14
ERIEL PÅ IS

HELT ALENE. Så MEGET helt alene. Og så kold, så meget meget kold. Det var, som om han var inde i en udhulet isterning. Når han trak vejret ind, fyldte isen hans lunger.

Han gik ud til kanten. Han trak vejret ind i den. Den duggede til. Det var ikke en isterning, det var en glasterning. Og der var et håndtag. Det så ud, som om det var lavet af medalje. Han frygtede, at hans hud ville klæbe til den, så han brugte sin skjorte og åbnede den.

Indeni var der en samling varme tæpper, dyner, cardigans, huer, handsker - det hele. Han rakte ind og lagde sig i lag.

Da han stak armene ind i cardiganen, fløj tankerne tilbage til dengang, hans far havde en lignende trøje på på en skiferie. Den var grøn, ligesom den her, og udenpå føltes den krads, men indeni var den varm som ristet brød. Da han trak den om sig og knappede den foran, fyldte duften af hans fars yndlingsbarbercreme hans næsebor. Han kunne lugte sin fars barbercreme i den. En stærk følelse af déjà vu overmandede ham, da han stak fingrene i et par sorte fløjlshandsker - handsker, som han svor på havde tilhørt hans far. Men det kunne de ikke være, for alt var ødelagt i branden. Han lagde armene om sig selv i et forsøg på at få varmen. Han tænkte, at det var kulden, der havde overtaget hans krop og sind.

Han skubbede nogle andre ting væk og opdagede et tæppe i bunden af kassen, som han genkendte med det samme. Håndstrikket af hans mor på sofaen nat efter nat, og da det var færdigt, fik det sin plads - på bagsiden af lædersofaen. Til filmaftenerne og til at holde sig for øjnene, hvis der skete noget skræmmende.

Han tog handskerne af og rørte ved den for at se, om den var ægte, og strøg den derefter mod sin kind. Den blomstrende duft af hans mors parfume nåede ham og trøstede ham. En tåre løb ned ad hans kind, da han tog handskerne på igen og derefter viklede sin mors tæppe rundt om sin fars cardigan. Han bar tæppet som en hætte og tog omgivelserne ind.

Over hans hoved, men pegende nedad med deres skarpe pigge, var der stalaktitter lavet af is i alle størrelser og former. Hvis en af dem faldt ned, ville de gennembore toppen af hans kranie og fortsætte gennem ham helt ned til tæerne. Han ville ønske, at han havde en byggekasket -

BINGO

Og en gul hjelm dukkede op på hans hoved, og så en til og en til og en til. Han følte sig som Nysgerrige George og smilede. Nu var han klar til hvad som helst.

Han ledte efter en dør, mens han bevægede sig langs kubens vægge. Intet håndtag var synligt. Hvad var det for et fængsel, de havde smidt ham ind i?

Endelig fandt han en kant midt på den højre væg. Han tog en handske af og brugte sin fingernegl til at kradse i overfladen af det, han snart opdagede var et vindue. Det, han så, fik ham ikke til at føle sig mindre ængstelig. Hans kube var en af mange, der strakte sig langs tunnelen, så langt øjet rakte. Ingen af beboerne var synlige bag deres egne glasvinduer.

Han åndede på glasset og skrev ordet »HJÆLP!« stavet baglæns, hvis nogen skulle se det. Så slettede han det hurtigt og huskede, hvem han var kommet for at se: Eriel.

E-Z bevægede sig langs kubens forside til den anden side, og igen fandt han en ramme, som han var sikker på var et vindue. Han skrabede overfladen væk og fandt snart den, han ledte efter: forræderen.

Den engang så magtfulde ærkeengel så ynkelig ud, som om nogen havde stukket ham med en nål og lukket al luften ud. Hans krop var fastgjort til væggen. Først troede E-Z, at han blev holdt på plads af tyngdekraften eller en usynlig kraft, men da han så nærmere efter, gik det op for ham, at hele Eriels krop var indkapslet i en tyk isblok. Eriels terning var blevet støbt til hans krop, og derfor fyldte isvand alle kroge og hjørner af hans form, og han havde i modsætning til E-Z ikke adgang til tæpper.

KLANK. KLANK. KLANK.

E-Z drejede nakken til venstre, da han hørte lyden af fodtrin, der gav genlyd. Han kunne mærke, at tingen kom tættere på, men han kunne ikke se den.

KLANK. KLANK. KLANK.

E-Z rystede på hovedet. Han var nødt til at fokusere, at blive i nuet, og alligevel oplevede han endnu en mærkelig følelse af déjà vu.

Hans tanker fløj tilbage til den drøm, han havde haft for nogen tid siden om en fødselsdagsfest med PJ og Arden. I den drøm var en hætteklædt skikkelse ankommet og havde lavet en lignende lyd. Drømmen havde handlet om at finde en forsvunden baseballkasket.

Da lyden blev øredøvende, fik han et glimt af skikkelsen, som var en kriger, større end livet med vinger på størrelse med to fuldvoksne ahorntræer. I den ene hånd bar ærkeenglen et gyldent skjold og i den anden et sværd. E-Z beskyttede sine øjne, da lyset ramte sværdets skrog.

KLANK. KLANK. KLANK.

Ærkeenglens kriger stoppede foran Eriel, som ikke løftede blikket for at møde den nyankomnes blik.

Indtil han stoppede, havde E-Z ikke lagt mærke til ærkeenglens enorme vinger, som havde været i ro, mens han havde gået. Nu rejste krigeren sig op, så hans og Eriels ansigter var i samme niveau.

»Du har besøg,« sagde han.

Eriels øjne forblev sænkede.

»Dine øjne narrer mig ikke,« sagde krigeren. »Du har gjort dig selv til skamme. Du har gjort os alle til skamme - og alligevel er du ikke ked af det, og du angrer ikke. Tal til mig. Fortæl mig, hvorfor jeg overhovedet skal tillade dig at få besøg.«

Eriel blev ved med at se på gulvet, mens han mumlede noget uhørligt.

»Tal!« forlangte krigeren.

»Jeg angrer!« udbrød Eriel. »Jeg angrer, at jeg ikke har...«

»Stille!« forlangte krigeren.

KLANK. KLANK. KLANK.

Nu stod krigeren på den anden side af glasset, ansigt til ansigt med E-Z.

»Jeg er Michael,« sagde han.

»Øh, hej, jeg er E-Z.« Han kendte mandens stemme. Det var ham, der havde beordret Raphael og Ophaniel til at lade ham tale med Eriel.

»Rejs dig,« sagde Michael.

»Jeg kan ikke gå,« sagde han.

»Det kan du, hvis jeg siger det,« afslørede Michael, «og det siger jeg. Rejs dig, E-Z Dickens!«

E-Z følte sig som en af dem, der forbereder sig på at blive helbredt ved en gudstjeneste på tv. Modstræbende løftede han sig op af stolen. Hans ben vaklede en smule, mere af frygt end af vantro.

Michael var trods alt den mest magtfulde ærkeengel. Sekunder senere stod E-Z oprejst inde i ismuren.

»Du bad om at tale med den ting, den faldne ting derovre på væggen. Han vil ikke hjælpe dig, for han er rådden helt ind til benet. Og alligevel BURDE han hjælpe dig. Han BURDE hjælpe os alle sammen for at redde sig selv fra at blive til en isskulptur - et fast inventar på dette sted.«

Med hvert ord fik Michaels stemme E-Z til at føle sig stærkere og mere selvsikker.

Eriel løftede blikket.

I et øjeblik skimtede E-Z noget der. Var det nederlag? Var det anger?

Eriel lukkede øjnene, mens hans krop blev slap i det isfængsel, der holdt ham fanget.

»Jeg tror, han besvimede,« sagde E-Z.

KLANK. KLANK. KLANK.

Michael vendte tilbage for at se nærmere på sit fængsel af is. En slange gled ud af toppen af hans støvle og begyndte at kravle mod Eriels ansigt. Den gled op, op, med sin kløvede tunge, der bevægede sig frem og tilbage, som om den var sulten efter blod.

Michael sagde: »Min vens krop er ved at smelte sig vej mod dit ansigt, Eriel. Skal du ikke åbne øjnene og sige hej?«

Eriel åbnede øjnene, og da han så slangen bane sig vej op ad sin krop, udstødte han et skrig.

»GARUUUUUUUUUMMMMMMM!«

Michael knipsede med fingrene, og slangen holdt op med at bevæge sig. Med sin fingernegl skrabede Michael i isen. Inden i den vibrerede Eriels krop. Som om han fik elektrisk stød.

»MMMMM,hhhhh,MMMMMMM!"

»Stop!« E-Z råbte og holdt sig for ørerne. »Jeg beder dig!«

Michael holdt op med at skræppe. Han løftede armen, og slangen snoede sig rundt om sig selv og gled tilbage til indersiden af hans støvle.

»Denne dreng viser dig barmhjertighed, Eriel. Det er mere, end du fortjener.«

Eriel fortsatte med at stønne i fortvivlelse.

Michael fortsatte og vendte sig mod E-Z: »Jeg vil give dig fem minutter til at stille Eriel de spørgsmål, du måtte have.«

Og så til Eriel: »Vi kan tvinge dig til at tale med ham, men jeg ville foretrække, hvis du valgte at hjælpe ham af egen fri vilje. Engang valgte du at redde denne unge drengs liv. Han betalte til gengæld sin gæld tilbage. Nu har du forrådt os, og du skal gøre dig fortjent til vores tillid igen.«

Michael løftede foden og sparkede til den isstruktur, som Eriel var indkapslet i. Den rystede, men revnede eller splintredes ikke.

»Du væmmes ved mig! Du forventer, at denne menneskedreng skal rette op på dine fejl. At han faktisk retter op på dine fejl. Alligevel vil han give dig en chance for at besvare hans spørgsmål. Så hjælp ham. Det er din eneste chance, din eneste mulighed for at bevise over for os, at du stadig har noget i dig, som er værd at redde. En del af dig, som endnu ikke er blevet rådden helt ind til kernen.«

Eriel løftede blikket: »Herre.« Han sænkede dem igen.

»Du kan blive tilgivet, men hvis du vælger ikke at hjælpe ham, vil din mangel på samarbejde blive behørigt noteret.«

Eriels øjne forblev fokuseret på gulvet.

»Er det forstået?« spurgte Michael. Da Eriel ikke svarede, tordnede Michaels stemme: »FORSTÅR DU?«

Det forekom E-Z, at isen omkring ham rystede og skælvede bare ved lyden af Michaels stemme, og han var endnu en gang taknemmelig for alle de hjelme, der beskyttede hans kranie. Han håbede, at de var nok, for ellers ville han blive begravet her sammen med Eriel og Michael for evigt, og han ville aldrig se onkel Sam eller sine venner igen.

Eriel nikkede.

»Fem minutter,« sagde Michael.

KLANK. KLANK. KLANK.

Og så var han væk.

Han og Eriel var alene.

E-Z rykkede tættere på Eriel og spurgte: »Hvordan kan vi slå Furierne?«

Eriel åbnede munden for at tale, men sagde ingenting. Han lukkede øjnene.

»Jeg beder dig,« bad E-Z. »Vær sød at hjælpe os.«

KLANK. KLANK. KLANK.

Michael var allerede tilbage. Der kunne ikke være gået fem minutter - ikke endnu. Han havde ikke lært noget som helst af Eriel.

Eriel hviskede tre ord med sammenbidte tænder: »Brug Raphaels briller.«

»Hvad?« E-Z råbte og hamrede sine næver mod isvæggen. »Hvordan?«

Før han vidste af det, var han tilbage i køkkendøren igen. Han havde ikke længere sine forældres tøj på, men duften af hans fars barberskum og hans mors parfume hang ved. Han krammede sig selv og lyttede, mens Charles forklarede moralen i sin historie.

»Moralen i min historie«, sagde Charles, «er, at alt er bedre, når man har venner at dele det med.«

»Åh,« sagde E-Z, da Samantha meddelte, at morgenmaden var serveret.

»Stil jer i kø her. Tag en tallerken, en serviet og bestik. Tag for dig,« sagde hun. »Det er et tag-selv-bord.«

Sobo sagde: »Sumogasubodo!« til Haruto, som hvinede af glæde.

»Jeg har lavet sushi,« sagde Samantha. »Det var min første gang.«

Sobo nikkede: »Tak, men lad mig hjælpe dig næste gang.«

Samantha nikkede: »Det ville være skønt.«

E-Z rykkede sin stol frem.

Onkel Sam hviskede, mens han gik ved siden af ham: »Hvor blev du af? Jeg mener, du var der, og din stol var der, men du var også et andet sted, var du ikke?«

»Øh, ja, jeg forklarer det senere. Jeg har brug for tid til at bearbejde alt det, der skete. Giv mig et par minutter. Og forresten, tak.«

»For hvad?« Spurgte Sam.

»For morgenmaden, det var som i gamle dage. Det var sjovt.«

»Lad os sørge for at gøre det igen snart.«

»Helt sikkert,« sagde han, mens han gik ind på sit værelse.

KAPITEL 15
HJEM, KÆRE HJEM

NU VAR DEHELTALENE, OG det føltes godt at vide, at Eriel ikke længere var en fysisk trussel mod dem. Han var blevet uskadeliggjort takket være Michael, men først efter at han havde forrådt alle.

Eriel var gået alt for langt, men hvorfor? Hvorfor ville han forråde sin egen art? Han vidste godt, at Michael var stærkere end ham. Det gav ingen mening.

POP.

POP.

»Velkommen hjem!« sagde han.

Hadz og Reiki landede foran ham på sengen. »Tak, E-Z. Du behandler os altid venligt.«

»Jeg er ked af, at Eriel var så forfærdelig over for dig. Det er godt, at han er spærret inde nu. Det er, hvad han fortjener.«

»Hvad synes du om dem?« Spurgte Hadz.

»Jeg er ikke sikker på, hvad du mener.«

»Vi sendte kassen.«

»Åh, måske virkede det ikke,« sagde Reiki.

»Var det dig?« E-Z's øjne fik tårer i øjnene.

»Jeg er glad for, at den kom sikkert frem,« sagde Hadz, mens de to wannabe-englers smil bredte sig over deres ansigter på en måde, så det så ud, som om resten af deres træk blev formindsket.

»Tusind tak skal I have. Jeg troede, at alt, hvad der tilhørte mine forældre, var blevet ødelagt i branden.« Han tog en dyb indånding og kæmpede mod tårerne. »Jeg ville bare ønske, at jeg kunne have taget det med tilbage hertil. Selv om det betød meget bare at have den til...«

ZAP.

»Du skulle bare sige til. De er trods alt dine,« sagde de.

Den stod der, for enden af hans seng. Hans forældres kasse, eller hvad de kaldte deres tæppekasse. I den lå de skatte, han havde rodet rundt i som barn. Og nu var det hans. En håndgribelig skattekiste fyldt med minder om hans forældre.

»Men hvordan?« spurgte han.

»Det lykkedes os at redde nogle få ting ved at smutte ind og ud, mens huset brændte,« sagde Hadz.

»Vi besluttede at opbevare dem sikkert for dig, indtil du var klar til at få dem tilbage. Vi håber, at timingen var rigtig.«

Han bevægede sig som i en drøm hen mod kisten og åbnede låget. En duft af hans fars moskus- og træagtige aftershave blandet med hans mors sødmefulde parfume mødte ham som en omfavnelse. Forsigtig med ikke at lade det hele slippe ud på én gang, lukkede han forsigtigt låget.

»Jeg kan ikke takke jer to nok. Jeg vil aldrig kunne takke jer. Jeg vil gennemgå det hele en anden gang. Igen, tusind tak til jer begge.« Han rakte sine arme ud, og de to wannabe-engle fløj ind i dem.

»Han er ved at blive for blød,« sagde Hadz.

»Har nogen fortalt dig, at du trænger til at blive klippet?« spurgte Reiki.

E-Z redte sit hår med en finger og strøg den midterste del, som på grund af opholdet i jordens iskolde indre stod op som børster i en børste. »Er det bedre?«

»Lidt,« sagde Hadz.

»Okay, jeg er nødt til at fokusere. De andre kommer snart herind for at få en opdatering på Eriel-situationen. Jeg er nødt til at fortælle dem om Michael. Tror du, de bliver imponerede over, at jeg har mødt ham?«

»Det er ligegyldigt, om de er imponerede,« sagde Hadz. »Det vigtige er, om Eriel fortalte dig noget værdifuldt?«

»Ja, men jeg prøver stadig at finde ud af, hvad han mente.«

»Fortæl os det, så kan vi måske løse mysteriet!«

»Hvad hvem mente?« spurgte Alfred, mens han stak sit næb ind i rummet.

»Kom ind,« sagde E-Z.

Alfred vraltede ind. Det var fældningssæson, og et par fjer flagrede bag ham. »Hej Hadz, hej Reiki.«

»Hej,« svarede de.

»Det er en lang historie, men for at komme til sagen, så blev jeg kaldt tilbage til siloen, hvor Raphael og Ophaniel fortalte mig om situationen med Eriel. Han har arbejdet på alle sider. Han foregiver at være allieret med os, ærkeenglene og furierne. Bare rolig, hans forræderi blev opdaget, og han blev fanget og fængslet. Han bliver bevogtet af den øverste ærkeengel Michael, som lod mig tale kort med Eriel.«

»Og hvad sagde Eriel?« spurgte Alfred.

»Jeg havde kun tid til at stille ham ét spørgsmål. Så jeg spurgte ham, hvordan vi kunne slå The Furies. Det var derfor, jeg kom herind for at tænke over, hvad han sagde.«

»Ah, så du ville være alene?« spurgte Alfred. »Kom, Hadz og Reiki, lad os give E- lidt fred og ro.« Han bevægede sig mod døren, men de blev, hvor de var.

»Et problem løst er et problem delt,« sang de.

»Det er sandt. Og det var moralen i Charles' historie.«

»Okay, saml jer.« Han holdt en pause og sagde så: »Eriel sagde, at vi skulle bruge Raphaels briller.«

»Nå, det var det?« Sagde Alfred. »Jeg kan godt forstå, at du ikke er sikker på, hvad han mente. Det er meget vagt.«

»Ja, det ved jeg godt. Og han sagde ikke, hvordan man bruger dem.«

Hadz lænede sig frem og hviskede noget til Reiki.

POP.

POP

Og så var de væk.

»Måske skal du begynde fra begyndelsen. Fortæl mig præcis, hvad Eriel fortalte dig.«

»Det har jeg allerede gjort. Han sagde, at du skulle bruge Raphaels briller. Det var det hele. Michael havde sat os på et tidsur. Først troede jeg, at Eriel ikke ville sige et ord. Han sagde de tre ord, og tiden løb ud. Før jeg vidste af det, var jeg tilbage her igen.«

Alfred gik rundt og lagde mærke til tæppeboksen for enden af sengen. »Hvad er det her så?«

»Den tilhørte mine forældre,« sagde E-Z og kæmpede mod hulken. »Hadz og Reiki reddede det fra branden. De har lige fortalt mig, at de reddede den for min skyld - de satte endda deres liv på spil.«

»Det var så,« sagde han med tårer i øjnene, «betænksomt af dem. Har du været igennem det endnu?«

»Nej, men det kommer jeg til.«

»Hvordan var Michael?«

»Han klirrede meget, når han gik. Det mindede mig om den drøm, jeg havde om PJ, Arden og guillotinen.«

»Åh, jeg kan huske, at du fortalte os om den drøm. Var han lige så skræmmende som bødlen?«

»Michael var meget vred og med rette. Eriel forrådte ham, alle ærkeenglene og os. Hvad jeg ikke forstår, er, hvad der kunne være sådan en risiko værd?«

»Magt - nogle mennesker vil gøre hvad som helst for at få den. Men vi skal finde ud af, hvordan vi kan bruge Rafaels briller til at stoppe den plan, som Eriel og Furierne har sat i værk.«

E-Z fjernede dem fra sit ansigt. Når han havde dem på, pulserede og bevægede blodet sig ikke rundt i stellet, som det gjorde, når Raphael havde dem på. På ham var de ligesom alle andre briller.

»Få brillerne til at gøre noget,« foreslog Alfred.

»Brillerne forsvinder,« befalede E-Z.

Han tabte dem, og de landede på gulvet.

E-Z sukkede. To hoveder var bestemt ikke bedre end et i dette tilfælde. Men han grinede.

»Det var godt at se Hadz og Reiki tilbage. Er de her for at blive? Jeg mener, for at hjælpe os?«

»Ja, men de har været meget igennem på det seneste, og de lider måske af PTSD - posttraumatisk stress.«

»Ja, det ved jeg godt. Hvad er der sket?«

»Der skete Eriel, det er hvad der skete. Han har skabt kaos og ødelæggelse på jorden og alle andre steder, lyder det.« E-Z holdt en pause. »Hvad hvis jeg brugte brillerne til at ændre min form?«

»Og gøre hvad?«

»Hvis jeg kunne ændre min form, kunne jeg besøge Furierne som Eriel.«

»Det ville kun virke, hvis de ikke vidste, at han var blevet fanget,« sagde Alfred.

»Ja, men hvis de ikke vidste det. Tænk på den skade, jeg kunne gøre. Jeg kunne gå derind. De ville tro, at jeg var på deres side. Og jeg kunne vende mig mod dem. BAM, jeg kunne slå dem helt ud af parken!«

POP.

POP.

»Det ville være alt for farligt!« skreg Hadz.

»Alt for farligt!« Reiki gentog.

»Desuden har vi en anden idé.«

»Fortæl os det,« sagde E-Z.

»De har genskabt Det Hvide Rum, så vi gik tilbage dertil for at se, om der var nogen bøger om Raphaels briller.«

»Og? Var der en bog?«

»Nej,« sagde Hadz.

»Men vi fandt den her,« sagde Reiki.

Det var et lillebitte hæfte på størrelse med enden af E-Z's pegefinger. Titlen på ryggen lød Raphaels første bog om Enok.

Hadz og Reiki bladrede gennem siderne, for bogen havde den perfekte størrelse til, at de to kunne holde den sammen.

»Der står her,« læste Hadz højt, «at Raphaels formål var at helbrede jorden, som de faldne engle havde besudlet.«

»Kan du huske, at Raphael sagde, at jeg kun kan påkalde hende, når enden er nær? Måske vil brillerne også kun afsløre deres kræfter for mig, når der er brug for dem.«

»Præcis,« var Hadz og Reiki enige om.

»Jeg tror, vi har brug for en brainstorming med de andre, men din idé om at ændre dit udseende til Eriels er god,« sagde Alfred. »Vi skal bare finde ud af, hvordan vi kan bakke dig op, når du gør det - så du er i sikkerhed.«

»Det er en dårlig idé,« sagde Hadz.

»En meget dårlig idé!« Sagde Reiki.

»Hvordan det?« spurgte Alfred.

»For det første ved du ikke, hvad Furierne ved.«

»Eller ved det ikke.«

»For det andet kunne det være en fælde.«

»En fælde orkestreret af Eriel og The Furies.«

»For det tredje, og vigtigst af alt,«

»Eriel er rædselsslagen for Michael.«

I kor sagde de: »Rafaels briller må være nøglen til det hele. Eriel søger tilgivelse og forløsning hos Michael og de andre ærkeengle. Det er hans eneste håb. Du er hans eneste håb. Derfor tror vi på, at han fortalte dig sandheden.«

»Men hvad nu, hvis Furierne ikke kender til Eriels situation? Mens de er uvidende, har vi en fordel her,« sagde Alfred.

»Jeg er enig,« sagde E-Z.

Lia stak hovedet ind i rummet efterfulgt af resten af banden. »Hvad sker der?« spurgte hun.

»Kom ind, så skal jeg forklare. Og luk døren bag dig.«

»Det lyder tvivlsomt,« sagde Lia. Hun lagde mærke til Hadz og Reiki og vinkede til dem. Så lukkede hun døren bag dem og låste den.

KAPITEL 16

HVAD BLIVER DET NÆSTE?

»Sæt jer ned og gør jer det behageligt,« sagde han, mens alle væltede ind på hans seng. »Først til dem, der ikke har mødt dem endnu - det her er Hadz, og det her er Reiki. De er venner og wannabe-engle. De er blevet udpeget til at hjælpe os.«

Haruto bukkede, og Lachie sagde: »Goddag!« Charles og Brandy gav dem hånden.

Da alle var blevet formelt præsenteret, satte holdet sig langs siden af sengen. E-Z syntes, at de lignede passagerer, der ventede på en bus.

»Vi er her alle sammen for at besejre The Furies. Men der er nogle aktuelle oplysninger, vi er nødt til at overveje. Før vi går videre.«

»Hvad mener du med det?« spurgte Lia. »Foreslår du, at vi måske skal melde os ud?«

E-Z rømmede sig.

»Det er bedst, hvis I lader mig fortælle jer det hele, så kan I stille spørgsmål. Jeg burde nok have startet med det. Men jeg er stadig ved at bearbejde det hele selv.« Han tøvede. »Det, jeg mener, er, at I må give mig lidt plads her, for det er en vanskelig situation og endnu vanskeligere at forklare.«

Alle nikkede, så han fortsatte.

»Eriel er blevet taget i forvaring af ærkeenglene. Han forrådte dem, og han har forrådt os. Han er ikke længere en trussel mod os, men han har bragt vores mission i fare. Problemet er, at vi ikke ved hvor meget. Men vi ved mere om hans intentioner - at få kontrol over jorden med alle mulige midler. At gå op imod ærkeenglene for at gøre det, det var at løbe en vis risiko - selv når han havde Furierne på sin side.«

Et hørbart gisp fra alle fik ham til at holde en pause på et øjeblik eller to, før han fortsatte.

»Ærkeenglene har vendt ham ryggen. Jeg mødte Michael, som leder ærkeenglene, og han væmmedes ved Eriel. Og Eriel var rædselsslagen for ham.«

Flere hørbare gisp.

»Vores plan A var at fange Furierne i spilmiljøet. Eriel kendte til denne plan. Faktisk opfordrede han os til at gå videre med den. Så vi er nødt til at gå videre til plan B. Alene det faktum, at han kendte til plan A, er nok til, at vi må forkaste den.«

Flere gisp og et »Åh nej!«

»Så, plan B. Jeg ved, at du tænker det åbenlyse: Vi har ikke en plan B. Det havde vi ikke. Men det har vi nu. Vil det chokere jer at vide, at vores plan B er kommet fra vores forræders mund?«

Alle nikker.

»Som jeg sagde tidligere, mødtes jeg med Michael. Det var ham, der foreslog Eriel, at han kunne få overbærenhed, hvis og kun hvis han hjalp os.

»Michael gav os kun fem minutter sammen. Og i størstedelen af den tid sagde Eriel ingenting. Så, lige da tiden var ved at udløbe, sagde han tre ord: »Brug Raphaels briller« - det var det. Lidt senere kom jeg i tanke om, at Raphael havde sagt, at Charles kunne være vores hemmelige våben, så med brillerne havde vi måske to våben, som de ikke kendte til.«

Charles gispede.

E-Z anerkendte Charles med et nik.

»Men før vi indsnævrer det og laver noget brainstorming, er vi nødt til at se på det store billede og beslutte, om det her er vores kamp. Om det er noget, vi stadig ønsker at være involveret i som et team.

»På grund af Eriel er jeg i live i dag. Han reddede mig og sagde, at jeg stod i gæld til ham og de andre ærkeengle. For at betale denne gæld tilbage gennemførte jeg flere forsøg. Alfred og Lia kom til, og sammen dannede vi De Tre. Og så skiltes vi efter deres ønske.

»Vi oprettede vores egen superheltehjemmeside og hjalp folk. Indtil ærkeenglene bad om vores hjælp til at besejre Soul Catcher-piraterne. Med tiden fandt vi ud af, hvem de var: Furierne, magtfulde og onde græske gudinder, som var vendt tilbage.

»Hadz og Reiki tog mig med på nogle rekognosceringer for at vise mig deres hovedkvarter i Death Valley. Der så jeg med egne øjne oplagringen af beholdere fyldt med børns sjæle. Senere blev PJ og Arden taget fra os. Deres tilstand har ikke ændret sig. Og takket være Raphael så vi med egne øjne de modbydelige gudinder arbejde.

»Furierne er værdige modstandere. Hvis vi kæmper mod dem, kan vi dø. Det er selvfølgelig ikke de nyeste oplysninger, men er det værd at risikere vores liv for, nu hvor Eriel har forrådt os?

»Når man tager alt i betragtning, og især at vi har to hemmelige våben på vores side. Omend våben, som vi ikke ved, hvordan vi kan bruge. Måske er vi i en god situation til at vinde denne kamp. Hvis vi holder sammen, og hvis vi støtter hinanden. Hvis vi er villige til at sætte vores liv på spil for en større sag. For jordens bedste, for at redde jorden. Hvad siger I?«

Før han vidste af det, hoppede alle - undtagen Alfred - rundt på sengen og sagde: »En for alle og alle for en!«

E-Z rakte hånden op. «

»Alle, der går ind for at bekæmpe Furierne, siger: Aye.«

Beslutningen var enstemmig.

Sobo bankede på døren og spurgte: »Måske kan jeg også hjælpe.«

KAPITEL 17
SPØRG CHARLES DICKENS

B RANDY SPOTTEDE HØRBART, HVILKET fik alle i lokalet til at kigge i hendes retning. Nu, hvor hun havde alles opmærksomhed, spurgte hun: »Og hvordan vil du, en ældre borger, hjælpe vores hold af superheltebørn med at slå de tre magtfulde, onde gudinder?«

Der gik et gisp gennem lokalet, som fik Haruto til at bevæge sig hurtigt hen til sin Sobo. Han greb hendes hånd og holdt den mod sit hjerte.

Sobo, som ikke lod sig gå på af Brandys uvidenhed, hviskede beroligende ord på japansk til sit barnebarn.

»Sig undskyld,« forlangte E-Z.

»Det er okay,« sagde Sobo. »Hun har ret, jeg er måske ikke en superhelt som alle jer andre, men alle i dette liv har noget at give.«

»Undskyld, Sobo,« sagde Brandy. Hun stoppede ikke der. »Det, jeg mente, var...«

»Hold kæft!« udbrød Lia. »Kom ind, Sobo.«

»Vi kan bruge al den hjælp, vi kan få,« sagde E-Z.

Charles rejste sig og tilbød sin plads til Sobo og Haruto.

»Tak,« sagde Sobo, og hun og hendes barnebarn sad side om side uden at tale sammen et øjeblik.

»Har du det godt nok?« spurgte Haruto.

»Ja, lille ven, sagde Sobo. »Jeg har også en superkraft. Den superkraft hedder forvandling. Jeg har levet mange liv og spillet mange roller ... for hvert liv lærer jeg noget nyt. Jeg er åben for at lære, det er det, livet handler om. Jeg tilbyder mit liv; jeg vil gøre alt for at redde jer. Jer alle sammen.«

»Selv mig?« Spurgte Brandy.

Sobo grinede. »Især dig, mit barn.«

Brandy krydsede rummet og kastede armene om Sobos hals. »Ja, tak skal du have. Men hvorfor lige mig?«

Haruto rejste sig og udbrød med hænderne på hofterne: »Fordi du er en tosse!«

Alle grinede, også Brandy.

Sobo sagde: »Fordi du er frygtløs. Ja, det er en stærk følelse at være frygtløs, men du må lære at være tålmodig. Du har brug for begge dele for at overleve i denne verden. Med begge dele bliver du en endnu større kraft at regne med. Livet handler om at forandre sig, sig selv fra indersiden til ydersiden, fra ydersiden til indersiden. Lær. Vokse. Vi skal være som træerne, der ændrer sig med årstiderne og bøjer sig med vinden.«

»Det er så smukt,« sagde Charles.

»Men verden er fyldt med både godt og ondt,« sagde Sobo. »Sådan er det nødt til at være. Den ene må eksistere, for at den anden kan være til. Og vi, du og jeg og alle her, vi må kun kæmpe for det godes side. I denne verden kan der kun være én vinder. Den vinder skal være til gavn for hele menneskeheden.«

Sobo holdt op med at tale. Mens hun trak vejret, forblev de andre stille og ventede på, at hun skulle fortsætte.

»Grunden til, at jeg er her,« fortsatte Sobo, «er for at overbringe en hilsen fra Rosalie.«

»Du og Rosalie, Sobo, men hvordan?« spurgte Lia.

»Rosalie kom til mig i en drøm. Hvordan vidste jeg, at det var hende? Fordi hun fortalte mig det.

Drømme er stærke forenere. Ånder krydser verdener og blander sig med os for at være sammen med os eller for at fortælle os ting, vi ikke ved, såsom advarsler og forvarsler. Rosalie ville hjælpe os med at kæmpe kampen, kæmpe og vinde.«

»Ja,« sagde E-Z. »Jeg drømmer ofte om mine forældre. Nogle gange afslører de ting for mig eller fortæller mig ting, som de ikke kunne vide noget om. Medmindre de delte mit liv med mig.«

»Ja, kærlighed er en stærk følelse, som ikke har nogen grænser. Dem, du elsker, vil søge dig, finde dig og hjælpe dig, selv i de mørkeste tider.«

»Er hun,« spurgte Lia, «lykkelig?«

Sobo smilede. »Lykke er ikke alt. Lad mig bare fortælle dig, at hun er sig selv. Det er alt, hvad du behøver at vide. Og som sig selv, som et fartøj, der kun kæmper på det godes side, tror hun på dig, hr. Charles Dickens. Du er vores kraft.«

»Mig?« Spurgte Charles.

»Ja, Charles. Tag os med til biblioteket. Biblioteket i skyerne.«

»Jeg har aldrig hørt om det. Jeg kan ikke tage jer med derhen. Hun må have forvekslet mig med en af de andre.«

»Hvilket bibliotek?« Spurgte Brandy.

»Og hvorfor er det i skyerne?« spurgte Lia.

»Jeg har været der,« sagde Sobo. »Det er meget gammelt, og det er beskyttet ... kun dem, der ved det, kender det.«

»Jeg er ikke en af dem,« sagde Charles.

»Du har bare brug for lidt hjælp,« sagde Sobo. »Giv ham Raphaels briller, og så vil han vide besked.«

»Vent lidt,« sagde E-Z. »Hvordan kom du derhen?«

»Tror du ikke på mig?« Sobo smilede. »Rosalie tog mig derhen i en drøm ... hun er en ånd ... og hun førte mig som en drømmevandrer.«

»Er du sikker på, at det ikke var et minde, hun delte om Det Hvide Rum?«

»Bestemt ikke. Hvordan kan jeg vide det?« Spurgte Sobo. »Fordi Rosalie fortalte mig, at hun aldrig ville vende tilbage til det sted, hvor hun blev myrdet af de onde søstre.«

»Det giver mening, og alligevel er der noget, Raphael sagde om aldrig at udlevere brillerne - til nogen - som gør mig bekymret for at gå imod hendes ønsker.«

»Hvad nu, hvis Rosalie ikke er en af dem, der ved det?« spurgte Sobo. »Skal vi lade denne mulighed for at øge vores chancer for at besejre Furierne gå fra os ved at afvise de seneste oplysninger fra Rosalie, som er en betroet ven og fortrolig?«

»Fortæl mig først,« sagde E-Z, «hvordan var det?«

Sobo lukkede øjnene. »Forestil dig en tid, hvor du kun tændte for det varme vand i et brusebad eller badekar uden ventilator og uden et åbent vindue. Du forlod rummet for at hente noget og lukkede døren. Da du senere åbnede den, var rummet fyldt med damp, og da du kom ind, kunne du ikke se noget - til at begynde med. Men dine øjne tilpassede sig, og så kunne du se alt. Det var det samme for mig, da jeg første gang gik ind i Cloud Library.«

Hun åbnede øjnene. »Forestil dig det indre af skyen, hvor der fandtes bøger. Hver eneste bog, der er skrevet og udgivet, ligger lige foran dig. Til rådighed til at læse, til at tage, til at lære. Sådan var det i Cloud Library. Og det er meningen, at vi alle skal se det med egne øjne nu. I dag.«

»Det lyder magisk,« sagde Charles. »Jeg vil gerne af sted. Jeg vil tage jer alle sammen med derhen.«

»Det lyder for godt til at være sandt,« sagde Brandy.

Sobo smilede.

E-Z tøvede, før han tog brillerne af og gav dem til Charles.

»E-Z,« sagde Sobo, «Rosalie fortalte mig, at undtagelsen fra Raphaels regel var Charles. Kan du huske det? Og det var hende, der afslørede, at Charles var vores hemmelige våben.«

E-Z nikkede og gav brillerne til Charles.

Uden at tøve tog Charles dem på. Da han stak dem ind bag ørerne, pulserede farverne på stellet i alle tænkelige farver. Alle farver undtagen rød. Da brillerne faldt til ro i den grønne græsfarve, drejede Charles' nakke til venstre, højre, venstre, højre, venstre. Han rettede sig op og stirrede frem for sig.

»Jeg er klar,« sagde han. »Hold hinanden i hånden, så vi alle er forbundet, og så tager jeg jer med derhen.«

»Vent på os!« råbte Hadz og Reiki, mens de hoppede op på E'Z's skuldre og holdt fast for livet. Et øjeblik senere var ingen gået nogen steder.

KAPITEL 18
HVAD GIK DER GALT?

JEG FORSTÅR DET IKKE,« sagde Charles. »Jeg kunne se det for mig. Måske har jeg brug for instruktioner eller nogle magiske ord. Fortalte Rosalie dig noget særligt, jeg skulle gøre ud over at give Sobo brillerne på?« spurgte Charles.

Sobo rystede på hovedet. »Prøv noget andet.«

»Før os til Skyrummet!« krævede han.

Denne gang svajede alle i gruppen, som om nogen havde åbnet et vindue.

»Luk øjnene,« sagde Charles. »Er alle klar?« Alle nikkede. Han lukkede øjnene, mens gruppen af superhelte plus Sobo blev splittet.

»Noget føles anderledes,« sagde Lachie, da han åbnede øjnene. »Jeg føler mig anderledes.«

E-Z følte sig også underlig, da han åbnede øjnene. Hadz og Reiki snorkede nu. Det virkede som et mærkeligt tidspunkt for dem at tage en lur på. Og hvad var ellers anderledes? Raphaels briller var farveløse. Hvorfor det? Det var aldrig sket før. Og hvad mere? Alfred - hvor pokker var Alfred?

»Alfred? Hvor er du henne?«

Lia brød ud i gråd.

»Hvorfor græder du?« spurgte E-Z.

»Fordi jeg ikke kan se noget, ikke med mine hænder. Ikke længere.«

»Charles. Brillerne,« sagde Brandy.

»Hvad med?« Han tog dem af.

De holdt sig for ørerne, mens Sobo kastede hovedet tilbage og jamrede som en banshee, indtil den bløde orkestermusik overdøvede hendes skrig, og alle faldt i søvn.

***

NU HVOR TVILLINGERNE SOV, spekulerede Samantha og Sam på, hvordan mødet gik i E-Z room. Da de ankom, var døren låst, og ingen åbnede, da de bankede på.

»Det er mærkeligt,« sagde Sam. »E-Z låser aldrig døren.

»Hent nøglen,« sagde Samantha.

Sam havde en dårlig fornemmelse, da han satte nøglen i låsen.

Sam og Samantha så på, mens Sobo, Brandy, Lia, Lachie, Haruto, Charles og E-Z stirrede frem for sig som mannequiner i et butiksvindue.

»De trækker knap nok vejret,« sagde Sam.

»Og hvor er Alfred?«

»Og hvorfor har Charles Raphaels briller på?«

»Jeg er bange,« sagde Samantha og tog sin mands hånd i sin.

»Jeg tror ikke, vi skal forstyrre noget her,« sagde Sam. »Jeg har på fornemmelsen, at der foregår noget, vi ikke kender til.«

»Det er uhyggeligt.«

»Hvad er det?« spurgte Sam og lagde mærke til kassen for enden af E-Z's seng. »Jeg kan ikke tro det! Det kan ikke passe.« Han bøjede sig ned og løftede låget på den kiste, han havde set mange gange på sin brors værelse. En kiste, som han troede var blevet ødelagt i branden. Som det var sket med E-Z, kom minderne fra duftene i kisten frem, og han blev overvældet af følelser.

»Lad os komme ud herfra,« sagde Samantha. »Du kan fortælle mig mere om kisten udenfor.«

»Lad os give det lidt tid. De vågner snart og ...«

»Jeg tror ikke, vi har noget andet valg,« sagde Samantha, mens de lukkede døren bag sig.

KAPITEL 19
CLOUD-RUMMET

CHARLES STOD ET ØJEBLIK og betragtede sine omgivelser. Havde han bragt dem til det forkerte sted? Han og de andre (som alle sov) befandt sig højt oppe på himlen uden en eneste sky i sigte. De var landet midt på en platform lavet af glas. Hvordan den blev holdt oppe, havde han ingen anelse om. Han bemærkede, at E-Z's kørestol rullede fremad, så han skyndte sig hen og vækkede ham.

»Hvor er vi?« spurgte han og vippede Hadz og Reiki, som stadig lå og sov på hans skuldre, vågne.

»Vågn op! Vågn op!« befalede Charles.

En efter en åbnede de øjnene, og da det gik op for dem, hvor højt oppe de var, klamrede de sig til hinanden og forsøgte ikke at bevæge sig. Prøvede ikke at kigge ned gennem glasruden, som forhindrede dem i at styrte til jorden.

»Jeg ville ønske, der var et rækværk!« udbrød Lia. Hun kunne se alt nu, men en del af hende ønskede, at hun ikke kunne.

»Hvad der holder den oppe, det er det, jeg ikke kan finde ud af,« sagde Charles.

»Jeg har aldrig været en stor fan af højder,« sagde Brandy, mens hun greb den nærmeste ledige hånd, som tilhørte Charles.

»Åh,« sagde han og mærkede, hvor kold hendes hånd var.

»Jeg flyver derover og kigger,« sagde E-Z, og så fløj han af sted og bevægede sig rundt på platformen, der så ud, som om den var vokset ud af den blå luft uden noget, der holdt den oppe, og uden noget anker, der holdt den på plads.

Haruto holdt fast i sin bedstemors hånd. Hun var mere langsom til at vågne end de andre. Da hun så ud til at være helt vågen, var »Åh nej« det eneste, hun sagde. Igen og igen.

»Det er ikke Skyrummet, som Rosalie tog dig med til, vel?« spurgte Charles.

Sobo tog et skridt, to skridt, mens børnene klamrede sig til hende. Hun lukkede øjnene, klemte dem hårdt sammen og åbnede dem så igen.

»Hvad laver du?« spurgte Brandy.

»Jeg leder efter bøgerne,« sagde Sobo. »Hvis det her er stedet, så burde der være bøger. Masser af bøger. Jeg kan ikke se nogen. Ikke en eneste.«

E-Z, som stadig var i gang med at undersøge platformens struktur, spurgte: »Føles det, som om vi er det rigtige sted? Kan bøgerne være skjult? Kan nogen se dem?«

Alle rystede på hovedet i et nej, selv Hadz og Reiki, som indtil nu ikke havde sagt et eneste ord til hinanden.

»Jeg har en meget, meget dårlig fornemmelse af det her sted,« sang Hadz og Reiki i kor.

Charles tøvede, før han talte. »Jeg så et bibliotek i mit hoved, da jeg tog brillerne på, og det var sådan, Sobo beskrev det for os. Der var ingen glasplatform. Det her sted er ikke det, jeg forestillede mig. Først troede jeg, at brillerne havde lavet en fejl, men nu, hvis Hadz og Reiki har en dårlig fornemmelse, og det har Sobo også, så tror jeg.« Sobo nikkede, og han lagde mærke til, at hun rystede. »Jeg tror, vi er nødt til at komme væk herfra - og det i en fart.«

E-Z bemærkede, at Alfred manglede. »Er der nogen, der ved, hvad der er sket med Alfred? Vi var alle forbundet via berøring, da vi kom hertil. Hvordan kan han være blevet knyttet til os?« Nu lagde han mærke til, at Hadz og Reiki virkede ude af den. Næsten som om de var blevet bedøvet, for deres øjne faldt tilbage i hovedet, og de havde svært ved at holde sig vågne.

»Svaner har ikke fingre at røre med,« sang de to wannabe-engle i kor. De brød ud i latter og snurrede rundt i cirkler, indtil de blev for svimle til at holde sig oven vande, og de faldt ned på glasgulvet med et KLAP.

»Okay Charles, det er nok beviser for mig. Kør os hjem igen - nu.«

Charles, som havde taget Raphaels briller af og nu satte dem på igen for at følge E-Z's ordrer, udbrød: »Åh, der er de!«

»Kan du se bøgerne nu?« Spurgte Sobo.

»Det kunne jeg ikke, da vi ankom, men nu kan jeg. Hvad skal jeg nu gøre?«

»Det giver ingen mening,« sagde Sobo, «hvorfor skulle de være forklædt for dig og så blive afsløret? Rosalie nævnte ikke disse ting.«

»Jeg tror, at luften heroppe påvirker vores hjerner,« sagde E-Z. »Jeg begynder at føle mig ude af den, svimmel. Vi må hellere komme ud herfra med det samme, ellers ender vi med ansigtet nedad på perronen ligesom Hadz og Reiki.«

Charles rakte hånden frem, og der fløj en bog ind i den, som han proppede ind i sin skjorte. »Tag os tilbage!« råbte han. Ligesom første gang de prøvede, skete der ikke noget.

»Måske skal vi holde hinanden i hånden,« sagde Sobo. »Og lukke øjnene igen.«

De gjorde begge dele, og straks begyndte enorme vindstød at blæse dem rundt på platformen. De krøb sammen som et fodboldhold før en stor kamp og klamrede sig til hinanden. Skubbede deres fødder op på platformen i håb om, at de ikke ville flyve væk.

E-Z vred sin hjerne og forsøgte at finde en vej ud. Var den eneste måde at bruge den eneste chance for at tilkalde Raphael til at komme til undsætning? Han kiggede over på Charles, som så ud til at forsvinde ind og ud. »Charles!« råbte han, og så så han over skulderen, at Baby, Lille Dorrit og Alfred kom hurtigt imod dem.

Alfred skreg: »Vi er nødt til at få dig ud herfra - nu. Dette sted er som et fyrtårn, der lyser dig op, så hele verden kan se dig, inklusive Furierne!«

Sobo hulkede: »Jeg vidste ikke, at de brugte Rosalie som fælde.«

»Charles så bøgerne, og han fik endda en. Lad os bringe os i sikkerhed. Det er ikke nogens skyld. Dine intentioner var gode,« sagde E-Z.

»Tak,« sagde Sobo, mens hun begyndte at fade ind og ud, ligesom Charles havde gjort. Brandy tog hendes hånd og holdt den fast, indtil Sobo ikke længere forsvandt.

Alfred sagde: »Kom så!«

Lachie sprang op på Babys ryg og trak den rystende Charles med sig, og så fløj de af sted. Inde i hans skjorte blev bogen, som han holdt der, udvidet, og to af hans skjorteknapper fløj af. Han holdt fast i bogen med den ene arm og i Lachie med den anden, mens Baby satte farten op.

Lille Dorrit bøjede sig ned uden at røre platformen, så resten kunne komme om bord, mens E-Z tog fat i Hadz og Reiki. De fløj af sted med Alfred og E-Z side om side, mens himlen skiftede fra blå til sort, sort til blå, til sort, og stjernerne kom frem, men det var ikke stjerner. Det var øjenæbler. Øjenæbler, der affyrede bussemænd, ligesom dem, han havde mødt i Death Valley, da han første gang mødte The Furies.

SPLAT. SPLAT. SPLAT.

SPLAT. SPLAT. SPLAT. SPLAT.

SPLAT. SPLAT. SPLAT. SPLAT. SPL...

Charles skreg af sine lungers fulde kraft: »HJEM!« Og denne gang virkede det. De var hjemme igen. I sikkerhed.

Haruto kastede armene om sin bedstemor.

»Jeg er så glad for at være hjemme igen,« sagde de til hinanden.

Lidt senere ankom Sam og Samantha.

✳ ✳ ✳

»Vi så jeres kroppe sove på jeres værelse. Vi vidste ikke, hvad vi skulle gøre,« sagde Sam.

»Det er en lang historie,« sagde E-Z.

Sobo spurgte Charles: »Fik du fat i bogen?« »Ja, selvfølgelig,« sagde Charles og holdt den op. Det var et stort bind, indbundet, med en tyk ryg, som kunne ses og læses af alle.

Store Forventninger af Charles Dickens.

»Har du taget en af dine egne bøger med tilbage?« udbrød Brandy.

Lachie spottede.

»I...« sagde Charles. »Du sagde, at jeg skulle vælge en hvilken som helst bog, og det var den her, jeg tog tilfældigt.«

»Der er en grund til, at alting sker,« sagde Lia.

»Men det her er virkelig at strække den,« udbrød Brandy.

»Tag det roligt, alle sammen,« sagde E-Z. »Charles gjorde sit bedste under de givne omstændigheder - og i det mindste kunne HAN se bøgerne. Det kunne ingen af os.«

»Store Forventninger,« sagde Alfred, «er en grrr-spis bog!« Han lød som den britiske version af tigeren Tony i reklamerne for morgenmadsprodukter.

»Han har ret,« var Sam og Samantha enige om. »Det er en af de bedste romaner, der nogensinde er skrevet.«

Charles tog Raphaels briller af og gav dem tilbage til E-Z, som straks tog dem på. Han rystede på hovedet, men titlen på den bog, Charles stadig holdt i hånden, var en anden. Han læste den nye titel højt,

"Field of Dreams af W.P. Kinsella.«

»Lad mig prøve,« sagde Lia og rakte ud efter Raphaels briller.

»Vent!« E-Z råbte, da Lia fjernede dem fra hans ansigt. »Du må ikke tage dem på. Husk, at Raphael sagde, at kun jeg skulle have dem på, men jeg gjorde en undtagelse for Charles på grund af Sobos drøm, men jeg synes ikke, vi skal sende dem rundt. Desuden kender vi allerede svaret på det spørgsmål, vi alle stiller os selv. Det er en bog, der bliver til den titel, som læseren ønsker at se.«

»Eller har brug for at se,« sagde Sobo.

»Men jeg havde hverken lyst eller behov for at se Store Forventninger. Jeg har aldrig hørt om den!«

»Men forestil dig,« sagde Sam, «hvilken slags bibliotek det kunne være i fremtiden. Alt, hvad vi skal gøre, er at finde på en bogtitel, og voila, så står vi med den i hånden.«

»Men det ville ikke være særlig godt for forfatterne, jeg mener, hvordan ville de blive betalt?« spurgte Samantha.

»Jeg ved ikke, hvordan det hele ville fungere, og måske overser vi noget stort her,« sagde Alfred.

»Stort, som hvad?« spurgte E-Z.

»Hvad nu, hvis det var bogen, der valgte læseren i stedet for omvendt?«

»Doo-doo-doo-doo,« sang Brandy, som var musikken fra The Twilight Zone.

»Lad os opsummere. Sobo havde en drøm, hvor Rosalie viste hende Skybiblioteket, og med Rafaels briller kunne Charles føre os derhen. Det gjorde han, men stedet var ikke som forventet. Kun Charles kunne se bøgerne, han tog en, og på vejen tilbage blev vi angrebet af bussemandsskydende øjenæbler, der lignede dem, der angreb Hadz Reiki og mig i Death Valley.« ›Det er det i en nøddeskal,‹ sagde Brandy.

»Det, jeg undrer mig over, er, om Eriel har fortalt Furierne, at Raphael gav E-Z hendes briller,« spurgte Lachie.

»Det er noget, vi måske aldrig får at vide,« sagde E-Z, «for Michael gav kun Eriel én chance for at tale med mig.« Han gik hen til vinduet og kiggede ud. »Jeg undrer mig,« sagde han.

»Gad vide hvad?« udbrød alle.

»Om Furierne kender til brillerne og deres kræfter. Hvis de narrede os gennem Rosalie til at besøge Skybiblioteket, så må de kende til Charles. Det betyder, at han ikke længere er et hemmeligt våben. Hvordan kan de have vidst det? Og alligevel, øjenboblerne - det er for meget af et tilfælde.«

»Eriel sagde jo, at du skulle bruge brillerne,« sagde Alfred.

»Jeg så ham, hvordan han blev tilbageholdt, og det var umuligt, at han kunne have sendt en besked til Furierne ... ikke når Michael bevogtede alle hans bevægelser.« E-Z rullede tilbage, hvor de andre var. »Forresten, Alfred, hvordan blev du adskilt fra os?«

»Jeg var faret vild i en sort sky, indtil jeg kaldte på Lille Dorrit og Baby for at få hjælp, og I kender resten.«

»Det var så underligt,« sagde Charles. »Det ene øjeblik kunne jeg ikke se bøgerne, jeg tog brillerne af, tog dem på igen, og så var de overalt. Alligevel var jeg den eneste, der kunne se dem.«

»Jeg kunne se dem,« sagde Baby. »Den her fløj hen til mig,« han kastede den til Charles, som fangede den med to fingre.

Det var en miniaturebog med en lillebitte titel på ryggen, som alle læste højt:

"Alt, hvad du nogensinde har villet vide om furierne, men ikke turde spørge om, af Anonym.«

»Scor!« udbrød Brandy.

De samlede sig om den lille bog, mens Charles forsigtigt åbnede den. Forsiden var blank, og det samme var den første side. Han slog op på næste side, hvor der var ord, som straks begyndte at bevæge sig rundt, at blande sig. Ordene svævede rundt på siden, blandede sig og blandede sig igen, som om de havde glemt, hvilke ord og hvilket sprog de skulle repræsentere.

E-Z, som stadig havde Raphaels briller på, blev svimmel, da ordene flyttede rundt, og han tog dem af.

»Prøv du,« sagde han til Charles og rakte ham brillerne.

Charles tog dem på og tog dem hurtigt af igen og skyndte sig hen til vinduet for at få lidt frisk luft. Han gav dem tilbage til E-Z.

»Og nu dig,« sagde han til Sobo, som nægtede at prøve brillerne ligesom Haruto.«

»Jeg prøver,« sagde Lia, men hun sluttede sig snart til Charles ved vinduet.

»Lachie?« spurgte E-Z.

»Helt sikkert,« sagde han, tog brillerne på og tog dem straks af igen. »No go,« sagde han og satte sig ned på sengen.

»Lad mig prøve!« sagde Brandy, da E-Z gav hende brillerne i hånden, og hun satte dem på sit ansigt. »Vent lidt,« sagde hun, ›jeg tror, jeg kan se noget, det er ...‹ og hun spyttede en grøn substans ud, som heldigvis ramte væggen i stedet for en person.

»Kom med os,« sagde Sam og Samantha til Brandy, «så hjælper vi dig med at blive ren.«

»Øh, tak,« sagde E-Z og vendte sin stol mod Alfred, hvorefter han satte brillerne på sit næb.

»En svane med briller. Latterligt!« sagde Alfred.

»Du ser meget flittig ud!« sagde Charles.

»Du ligner professor Ludwig von Drake!« udbrød Brandy.

Sam sagde: »Han var Anders Ands lærer.«

»Åh,« sagde de, der var for unge til at have hørt om Anders And.

»Åh nej,« sagde Alfred, da ordene holdt op med at hvirvle rundt og vendte tilbage til den måde, forfatteren havde skrevet dem på. Han læste de første to sider, så den næste, den næste og den næste. Han fløj gennem hele bogen med samme lethed som en hurtiglæser, og da han var færdig, smækkede bogen sig selv i.

POOF

Og så var den væk.

»Det var interessant,« sagde Alfred, mens han rakte brillerne tilbage til E-Z og forhindrede sig selv i at falde omkuld.

»Du mener, at du har læst det hele?« Sagde Sam. »De briller er bemærkelsesværdige.«

»Jeg kan huske det hele, men jeg har brug for at bearbejde informationen og hvile mig. Jeg har ikke lyst til at sidde her og læse det op for dig i sin helhed. Det er bedre, hvis jeg sorterer i det, jeg har lært, og så taler vi om det.«

»Hvad nu,« spurgte Brandy, «hvis du overså noget, som en af os ikke ville have overset? Ikke noget personligt.«

Alfred grinede. »Bare fordi jeg har form som en svane nu, betyder det ikke, at jeg ikke har læst mange, mange bøger i mit liv. Faktisk gik jeg på Oxford University, da jeg var en ung mand, og dimitterede med udmærkelse. Jeg har studeret litteratur og kunst.«

E-Z sagde: »Du valgte ikke bogen - bogen valgte dig. Ingen af os kunne læse et eneste ord i den.«

»Tak, fordi du tror på mig.«

Lia sagde: »Hvor lang tid vil du gruble? Kan vi gå ind og se den film?«

Samantha sagde: »Jeg bliver nødt til at lave flere popcorn. Vi har allerede spist den anden skålfuld.«

»Stressspisning,« sagde Sam med et grin.

»Tak,« sagde Alfred. »Jeg kommer tilbage til dig, så snart jeg kan.«

»Tag dig al den tid, du har brug for,« sagde E-Z, «kom og vær med, når du er klar.«

Slænget gik ind i stuen og gjorde filmen klar. Samantha lavede nogle flere popcorn i mikrobølgeovnen. Alle samledes for at se filmen.

Alfred sov et stykke tid på sin sædvanlige plads, men han drømte drømme, mest mareridt, og til sidst gik han ud i haven for at få lidt frisk luft. Alle var afhængige af ham, og presset tyngede ham, mens indholdet af miniaturebogen hvirvlede rundt i hans tanker.

KAPITEL 20

BESKED FRA FRANKRIG

E-Z så DEN FØRSTE halvdel af filmen sammen med de andre, og da han følte sig rastløs, besluttede han sig for at indhente noget arbejde. Han stak hovedet ind på sit værelse og forventede at finde Alfred sovende, men han var ingen steder at finde. Bekymret gik han hen til bagdøren og kiggede ud for at se svanen ligge og sove på en havestol. Han lukkede døren og gik tilbage til sit værelse, hvor han åbnede sin bærbare computer og loggede ind.

Han gik frem og tilbage i tankerne et par gange og besluttede, om han skulle koncentrere sig om at skrive sin roman, eller om han skulle bruge tiden på at lave mere research om deres fjender, furierne. Lyden af en besked, der plingede ind i hans indbakke, tog beslutningen for ham. Den havde et rødt kryds, som indikerer, at det haster, og selv om den ikke indeholdt vedhæftede filer, klikkede han ikke på den. I stedet læste han den i preview. Eller prøvede at læse den. Beskeden var på et helt andet sprog. Han fik øje på et par ord, som han genkendte som franske, så han kopierede teksten, gik ind på en søgemaskine og indsatte følgende besked i en online-oversætter:

Cher E-Z Dickens,

Je m'appelle François Dubois et j'ai sept ans. J'habite à Paris, en France, et j'aimerais faire partie de votre équipe de Superhéros. Du spørger måske, hvilke kompetencer jeg kan tilføre holdet. Det er et godt spørgsmål, og jeg vil være glad for at kunne svare. Mais je me demande si ce site est sécurisé.

Hvis du ønsker at tale mere med mig, kan du sende mig en e-mail direkte. Min mailadresse er vedhæftet. J'ai hâte d'avoir de vos nouvelles.

Din ven,

Francois

Han trykkede på send, og følgende oversættelse kom igennem:

Kære E-Z Dickens,

Mit navn er Francois Dubois, og jeg er syv år gammel. Jeg bor i Paris, Frankrig, og jeg vil gerne være med på jeres superheltehold. I spørger måske, hvilke færdigheder jeg kan bidrage med til holdet. Det er et godt spørgsmål, og jeg svarer gerne på det. Men jeg spekulerer på, om dette websted er sikkert?

Hvis du gerne vil tale mere med mig, kan du sende mig en e-mail direkte. Min e-mailadresse er vedhæftet. Jeg ser frem til at høre fra dig.

Din ven,

Francois

Fascineret læste han beskeden flere gange og tænkte over timingen. Spekulerede på, om han var paranoid, når han troede, at denne dreng helt fra Frankrig kunne konspirere med The Furies. Selv om han var overforsigtig, havde han ret til at være det, og som leder af sit team var det op til ham at sørge for, at henvendelser som denne var legitime. Han ville få brug for Uncle Sams hjælp til at undersøge det, men indtil videre ville han sende et par følere ud og se, hvad der kom tilbage.

Han skrev en hurtig besked uden at oversætte den. Knægten kunne bruge en søgemaskine, ligesom han gjorde, og finde en oversætter, og efter at have læst den flere gange trykkede han på SEND.

Kære Francois,

Tak for din besked. Hvordan har du hørt om os? Med venlig hilsen,

E-Z.

Francois' svar kom tilbage så hurtigt, at E-Z følte sig endnu mere mistænksom. Denne gang var det på engelsk:

Kære E-Z,

Tak for dit hurtige svar.

Min lærer så din hjemmeside, og vi lærte om dig og dit team som en del af vores lektion om aktuelle begivenheder.

Jeg håber snart at høre fra dig.

Din ven,

Francois.

Det lød bestemt legitimt. Han skrev endnu en besked og spurgte Francois, hvilke superheltekræfter han havde at tilbyde sit hold, så han kunne diskutere det med dem. Få øjeblikke senere sendte Francois ham følgende besked:

Kære E-Z,

Tak, fordi du giver mig mulighed for at fortælle dig om mine superhelteevner.

For det første har jeg ligesom dig ikke altid været en superhelt. Det er noget, vi har til fælles. Derfor tænkte jeg, at jeg ville passe godt til dit team.

I stedet for at fortælle dig det, vil jeg gerne vise dig det. Vedhæftet er en privat invitation til at se vores YouTube-kanal - min far hjalp mig. Linket er kun tilgængeligt for dig, og invitationen til at se den udløber om fireogtyve timer.

Jeg ser frem til at høre fra dig, når du har set den.

Din ven,

Francois.

Nysgerrig og uden tøven klikkede E-Z på linket. Der dukkede en besked op, hvor han blev bedt om at svare på et spørgsmål, som han ikke havde noget problem med at besvare, da det var baseballrelateret.

Da han var inde, klikkede han på klippet, skruede op for lyden, og det gik straks i gang.

Den første person, han så, var en dreng, der præsenterede sig som den syvårige Francois Dubois via den tekst, der var oversat fra ham i bunden af skærmen.

Drengen var høj, meget høj. Faktisk stod han ved siden af flere målepinde. Hans far zoomede ind for at vise, at Francois i en alder af syv år allerede var 163 centimeter (5 ft. 4 in.) høj. Ud over sin højde lignede Francois enhver anden syvårig med rødbrunt hår, et par tykke briller med mørke kanter på næsen, en ternet skjorte, blå jeans og sorte løbesko.

»Bonjour E-Z!« sagde Francois med et smil, der afslørede, at han manglede to fortænder.

E-Z smilede tilbage og så så til, mens Francois og hans far diskuterede noget på fransk uden oversættelse. Deres diskussion virkede ophedet, baseret på deres håndbevægelser og ansigtsudtryk. Han håbede, at Francois ikke havde tænkt sig at forsøge sig med noget farligt.

E-Z så på, mens Francois gik videre til det mest kendte vartegn i Paris, Frankrig - Eiffeltårnet. Et skilt udenfor viste, at det kostede 5 euro at komme ind for personer i alderen 12-24 år. Francois lukkede øjnene og åbnede dem igen. Vent et øjeblik. Noget havde ændret sig, måske var det belysningen.

Han fortsatte med at se på, mens Francois stillede sig ved siden af et andet skilt, hvor der stod:

Verdensudstillingen i Paris, 15. maj 1889.

»WHOA!« udbrød E-Z og prøvede at forstå, hvad han lige havde været vidne til. En tidsrejse?

Francois lukkede øjnene og var tilbage ved siden af det oprindelige skilt 12-24 år 5 euro.

Kameraet blev helt uskarpt. I bunden af skærmen dukkede ordene op: »Et øjeblik, tak.«

Med et klik begyndte kameraet at rulle igen, men denne gang stod Francois ved siden af Notre-Dame de Paris-katedralen. Siden den store brand i 2019 var den ved at blive genopbygget, og stilladser og kraner var i fuld gang med arbejdet.

Som før lukkede Francois øjnene og åbnede dem igen.

»Det er løgn!« udbrød E-Z.

Francois var i 1163 på selve dagen, hvor den første sten til den store Notre Dame-katedral blev lagt på plads.

E-Z gik på pause. Kunne dette være falsk? Selvfølgelig kunne det det. Med nutidens teknologi kan enhver forfalske hvad som helst. Og alligevel var der noget i hans mavefornemmelse, der sagde ham, at det var ægte. Men han havde brug for en second opinion. Han havde brug for Uncle Sam.

E-Z kiggede på den pausede Francois på skærmen og klikkede på start. Francois vinkede, da klippet sluttede.

E-Z klikkede og vendte tilbage til sin indbakke. Han trykkede på svar og skrev følgende e-mail til Francois:

Kære Francois,

Tak, fordi jeg måtte se din superkraft. Jeg er nødt til at tale med holdet. Hvis vi beslutter at acceptere dig, hvor hurtigt kan du så slutte dig til os?

Din ven,

E-Z

Han ventede et øjeblik og læste sin besked igen, før han trykkede send. Han overvejede at ændre IF til WHEN. Ubeslutsom overvejede han Francois' tidsrejsende superkræfter. Knægten ville være en fantastisk tilføjelse til holdet.

Men han var nødt til at få en anden mening. Før han tænkte videre over det. Han sendte en sms til Sam: »Har du et øjeblik?«

En ny e-mail poppede op i hans mailboks med ordene:

HEJ E-Z,

Hvis du accepterer mig på holdet, kan du så komme og hente mig?

Din ven,

Francois.

Det måtte han lige tænke lidt over.

Han svarede:

Vender tilbage til dig hurtigst muligt.

Din ven,

E-Z.

Sam kom ind i køkkenet: »Hvad så, knægt?«

»Undskyld, at jeg tager dig væk fra filmen.«

»Jeg var alligevel ved at falde i søvn, så jeg er glad for at blive distraheret.«

»Jeg fik en e-mail via vores hjemmeside fra en dreng i Frankrig, som ville være med på vores hold. Han og hans far har lavet et klip, jeg har allerede set det. Han har imponerende færdigheder. Tag et kig og lad mig vide, hvad du synes.«

Sam forblev stille hele vejen igennem. Da det var slut, bad han om at se det igen.

Da det var færdigt for anden gang, spurgte E-Z: »Hvad synes du?«

»Jeg synes, at det, vi ser, er imponerende. En tidsrejsende dreng fra Frankrig.«

»Vi kunne virkelig godt bruge sådan en superkraft på vores hold.«

»Præcis,« sagde Sam. »Og det er derfor, jeg er mistænksom over for det. Har du korresponderet med drengen?«

E-Z scrollede gennem det, der var blevet sagt indtil nu.

»Hvordan ved han, at du ikke har haft superkræfter hele dit liv?« spurgte han.

»Ja, det tænkte jeg også. Men jeg tror, det er en rimelig antagelse. Han er en klog dreng.«

»Det er sandt,« sagde Sam. »Har du noget imod, at jeg klikker rundt og ser, hvad jeg kan finde?«

E-Z nikkede, og Sam tog kontrol over sin bærbare computer. Han tjekkede IP-adressen, som så ud til at være legitim. Han havde ingen problemer med at spore dens placering i Paris.

Han søgte på Francois' navn og fandt ud af, hvilken skole han gik på. Fandt ud af, at han spillede basketball. Fandt ud af, at han var god til at stave. Han så ikke ud til at komme i problemer.

Så fandt Sam en dødsannonce for Francois' mor, som var død, da han var fem år. Dødsårsagen var ikke specificeret, men der blev bedt om donationer til Paris Breast Cancer Foundation.

»Alt så ud til at være lovligt,« sagde Sam.

»Men hvordan kan vi være sikre? Jeg vil ikke tage nogen unødvendige risici.«

»Den eneste måde, vi kan være sikre på, er ved at interviewe drengen personligt.« Han tøvede: »Hm, han spurgte, hvornår du kunne komme og hente ham. Nu, hvor jeg tænker over det, er det en ret mærkelig tanke for et tidsrejsende barn at foreslå.«

»Ja, sådan havde jeg ikke tænkt på det.«

»En ting er sikkert, E-Z, hvis nogen skal hente ham, så er det mig. Der er brug for dig her.«

»Jeg sætter pris på tilbuddet, onkel Sam, men dit liv i fare er ikke en mulighed.«

»Okay,« sagde Sam. »Har du hørt noget fra Alfred?«

På slaget kom Alfred vraltende ind i køkkenet. »HVAD?« spurgte han.

ZAP

En lille hvid, fluffy killing ankom.

»Bonjour E-Z, je m'appelle Poppet. Francois m'envoie.«

»Oh boy,« var alt, hvad E-Z sagde.

Straks tikkede der en e-mail ind fra Francois, hvor der stod:

»Kom hun sikkert frem?«

Onkel Sam sagde: »Jamen, det besvarer vores spørgsmål.«

E-Z skrev: »Ja, hun er her.«

ZAP

Poppet forsvandt.

»Det er så sejt,« skrev Francois. »Når du er klar, hvis du vil have mig med på dit hold, vil jeg selv prøve det.«

»Hold ud indtil videre,« sagde E-Z.

»Hvordan vidste Poppet, hvor vi boede?« spurgte Sam.

»Det ved jeg ikke.«

KAPITEL 21

FRANCOIS-AFGØRELSEN

DAGEN EFTER INDKALDTE E-Z tilethastemøde i gruppen. Da alle havde sat sig, gik han direkte til sagen.

»Et potentielt nyt medlem har bedt om at komme med i vores team. Sam og jeg har undersøgt hans ansøgning, og alt ser lovligt ud.«

»Det er jeg enig i,« sagde Sam.

E-Z nikkede: »Francois er en tidsrejsende.«

»Wow!« sagde Lia.

»Fantastisk!« sagde Lachie.

De andre havde lignende kommentarer med undtagelse af Charles, som spurgte: »Hvad er en tidsrejsende?«

»Det er du!« sagde Brandy.

»Det er en, der rejser fra en tid til en anden,« sagde Lia.

»Måske skal du bare se dette klip, så får du en bedre forståelse, og vi får alle en bedre forståelse af, hvad han kan gøre.« Han kiggede på Alfred: »Men før vi taler om Francois, vil jeg gerne give ordet til Alfred, så han kan fortælle os, hvad han har fundet ud af i bogen. Over til dig, Alfred.«

Trompetersvanen rømmede sig, da alles øjne vendte sig mod ham.

»Jeg har gennemgået alt, forfra, bagfra og fra siden, og jeg er bange for, at det ikke er til megen hjælp. Eftersom Furierne fik et specifikt mandat - og de overholder det (selv om de bøjer reglerne), tror jeg ikke engang, at Zeus kan straffe dem for det, de gør.«

»Siger du, at det er håbløst?« spurgte Brandy.

»Nej, jeg siger ikke, at det er håbløst, men jeg kan bare ikke se nogen udvej. Medmindre de ikke ved, hvad vi ved.«

»Og det er?« Spurgte Brandy.

»Eriels plan. Hvordan han brugte dem. Hvor Eriel er. Hvordan han er isoleret.«

»Ja, de må undre sig over, hvorfor han ikke kommunikerer med dem,« sagde Lachie.

»Og det kan skabe mistillid,« tilføjede Brandy.

»Hvad nu,« sagde Sam, ›hvis den information blev lækket til dem?‹ ›Jeg tænkte det samme,‹ sagde Samantha. »Måske ville de vende om og stikke af uden ham.«

»Men det kan også gå den modsatte vej. Uden ham, der holder dem i snor, gør de det måske. Hvem ved, hvad de ville gøre!« sagde E-Z.

»De har allerede samlet en masse sjæle,« sagde Lia. »Jeg tror, E-Z har ret. At vide, at han er ude af billedet, kan gøre dem dristigere.«

Alfred bemærkede, at samtalen var ved at løbe ind i en mur: »Så lad os tale om Francois' superkræfter. Han er en tidsrejsende. Hvordan kan han hjælpe os?«

»En ting mere,« begyndte E-Z, «og det er onkel Sam, der har bemærket det, så måske er han den bedste til at forklare det.«

»Nej, fortsæt du bare,« sagde Sam.

»Francois har sendt en killing hertil.«

»En killing?« Spurgte Sobo.

»Ja, hun hed Poppet, og hun ankom i køkkenet. Jeg fik straks en besked fra Francois, som spurgte, om hun var kommet godt frem. Hun sagde hej - ja, hun kunne tale. Da jeg havde fået bekræftet, at hun var kommet sikkert frem, poppede hun ud igen. Spørgsmålet, som Sam stillede senere, var, hvordan hun vidste, hvor vi boede?«

»Vent lidt,« sagde Charles. »Var der ikke nogen, der fortalte mig, at jeres adresse var offentliggjort på nettet?«

»Det har jeg også hørt,« sagde Brandy.

Sam sagde: »Wow, det virker som en evighed siden, men det er sandt.«

De samledes omkring Sam og så deres hus online forbundet med hjemmesiden, så alle i hele verden kunne se det.

»Der er ingen tvivl om det. Hvis de ved, hvem vi er, så ved de også, hvor vi er,« sagde Sam. »Medmindre...«

»Medmindre hvad?« Spurgte E-Z.

»Medmindre de ikke er så teknisk kyndige, som vi tror, de er.«

Sobo sagde: »Undervurder aldrig en fjende. Det er sådan, uværdige skurke bliver til helte.«

»Okay, lad os først se Francois rejse i tiden og så brainstorme lidt over, hvordan han kan hjælpe os med at besejre The Furies,« sagde E-Z.

De så klippet i tavshed. Da det var slut, sagde E-Z: »Jeg skriver listen ud. Hvem vil starte?«

»Nej,« sagde Sam. »Jeg synes, vi skal skrive den ned på den gammeldags måde. Du ved, med pen og papir.« Han rakte ned i køkkenskuffen og tog en notesblok, som de brugte til indkøbslister, og en kuglepen frem. »Gå du bare i gang med at brainstorme, så er jeg sekretær. Og du behøver ikke engang at betale mig løn.«

Et par grin og fnis, og så begyndte ideerne at flyde:

#1. Francois kunne rejse tilbage i tiden, finde ud af, hvad der skete med PJ og Arden, og stoppe det.

#2. Francois kunne rejse tilbage i tiden og forhindre, at alle børnene blev dræbt.

#3. Francois kunne rejse tilbage i tiden og forhindre E-Z's forældre i at blive dræbt og forhindre hans ulykke i at ske.

#4. Ditto med hensyn til Lias ulykke.

#5. Ditto vedrørende Alfreds families ulykke.

#6. Ditto om: Lachlan bliver låst inde i et bur.

Mellemspil.

Haruto var glad for sin nye familie. Slut på historien.

Brandy havde det fint med at kunne dø og komme tilbage til livet igen, selv om hun spurgte, om det var en mulighed at vende tilbage til auditiondagen. Denne anmodning blev enstemmigt afvist.

Charles fortrød heller ikke noget.

Brainstorming-sessionen blev genoptaget:

#7. Francois kunne gå tilbage til tiden, før Furierne blev skabt, for at sikre, at de fik en akilleshæl.

#8. Francois kunne rejse tilbage i tiden til den første dag, hvor Eriel mødtes med Furierne. Han kunne være spion. Eller han kunne sørge for, at de aldrig mødtes?

#9. Hvis Poppet kunne springe ind og ud, kunne Francois så gøre det samme?

Alfred sagde: »Vent lidt. Det her er fuldstændig vanvittigt, men hvad nu, hvis Francois gik tilbage og annullerede The Furies.«

»Wow, det er en fremragende idé!« sagde E-Z. »Men i alle de historier, jeg har læst om tidsrejser, er det altid ildeset at lege med liv og ændre begivenheder.«

»Ja, det kan jeg godt huske fra Tilbage til fremtiden. Men af personlig erfaring,« forklarede Brandy, «når jeg dør og kommer tilbage igen, er det, som om begivenhederne op til min død aldrig er sket. Det er som en drøm, hvis du forstår, hvad jeg mener?«

»Sam strakte sig og gabte. »Babyerne vågner snart. Jeg vil ikke overskride E-Z's lederskabsgrænser, men jeg tror, vi er nødt til at bruge lidt tid på at tænke, før vi foretager os noget.«

»Enig. Tak til alle for en fremragende brainstorming,« sagde E-Z.

Og mødet blev hævet.

KAPITEL 22
VARM MÆLK

L IA OG DE ANDRE brugte dagen på at lave deres egne ting. Om aftenen vendte og drejede hun sig udmattet, men kunne ikke sove. Frustreret efter timer uden søvn og konstant bekymring gik hun nedenunder for at få lidt varm mælk.

Hun satte et krus i mikrobølgeovnen, trykkede på 40 sekunder og trykkede derefter på start. Mens uret talte ned, så hun tallene 39, 38, 37, 36 osv., indtil tallet 33 dukkede op. Det var det sidste tal, hun så.

»Øh, hej Lille Dorrit,« sagde hun og ønskede, at hun havde taget sin morgenkåbe på. »Hvor skal vi hen?«

»Vi er på en mission,« sagde enhjørningen. »Hvor skal vi hen?«

»Ved du ikke hvem?«

»Nej, jeg passede mig selv, da du kaldte på mig, Lia, kan du ikke huske det?«

»Jeg kaldte ikke på dig,« sagde Lia. »Jeg har ikke sovet endnu. Det her er mærkeligt.«

Enhjørningen frøs midt i luften.

WHOOSH

Lille Dorrit lettede i fuld fart.

»Argghh!« Lia råbte og holdt fast for livet. »Hvad er det, der sker? Hvorfor kører du så hurtigt?«

»Det ved jeg ikke,« sagde enhjørningen. »Det er, som om nogen eller noget har taget kontrol over mig.« Hun forsøgte at stoppe, som hun havde gjort få øjeblikke før. Nu kunne hun ikke stoppe, uanset hvad hun gjorde. Hun kunne heller ikke sætte farten ned.

»Hold godt fast!« Lille Dorrit råbte, da hendes krop begyndte at rulle fremad med hovedet nedad. »Åh nej!«

Lia skreg, men holdt fast for livet. Til sidst holdt de op med at rulle, men i stedet for at sætte farten ned, satte de farten endnu mere op.

De fløj videre og videre, mens nat blev til dag. Efterhånden som solen kom op på himlen, blev afstanden mellem den og dem mindre.

»Det føles, som om min hud brænder!« udbrød Lia.

»Det gør min pels også,« sagde Lille Dorrit. »Lad mig prøve at dreje os rundt igen.« Det gjorde hun, og som før rullede de rundt på hovedet, på hovedet, og lukkede hullet mellem dem og den varme sol.

»Vi er nødt til at vende om!« skreg Lia. »Hvis vi ikke gør det, er det ude med os.«

»Men jeg kan ikke stoppe. Jeg kan ikke gøre noget som helst. Vent, jeg beder Baby om hjælp.«

Med den flammende sol som baggrund kom tre vingede væsener til syne. De holdt hinanden i hånden, mens deres sorte klæder hvirvlede og snoede sig om deres kroppe.

SNAP!

SNAP!

SNAP!

lød det i luften - lyden af en pisk, der smældede, mens Lia og Lille Dorrit blev trukket hen imod den, som var de på en traktorstråle. Tordenen rullede, selv om der ikke var nogen synlige storme, mens solens kløer strakte sig mod dem og truede med at opløse hele deres eksistens.

»Vi er færdige!« sagde Lia. »Tak, fordi du prøvede at redde os.« Hun krammede enhjørningen. »Jeg ville ønske, du havde tøjler. Så kunne jeg måske vende dig om.«

ZAP!

Tøjlerne dukkede op.

Lia lagde hænderne om dem, men før hun kunne nå at få kontrol over dem, smeltede de til ingenting.

»Du har ret, jeg tror, vi er færdige,« sagde Lille Dorrit. Glasdråber flød fra hendes øjne.

BONJOUR

Francois dukkede op: »Kan jeg hjælpe?«

»Det kan du sagtens,« udbrød Lia. »Få os væk herfra!«

»Luk øjnene og hold godt fast,« sagde Francois.

Lia og Lille Dorrit rystede af frygt.

DING. DING. DING.

Mikrobølgeovnen. Køkkenet.

Lia faldt ned på gulvet.

Lille Dorrit landede sikkert i et køligt vandløb, hvor hun plaskede rundt og derefter gik hjem.

»Hvor har du været?« Spurgte Baby.

»Du fik vist ikke min besked. Det er lige meget. Jeg er for træt,« sagde Lille Dorrit. »Jeg fortæller dig om det i morgen tidlig.«

KAPITEL 23
NÆSTE DAG

DET VAR SOBOS TUR TIL at lave morgenmad, og det var hende, der fandt Lia på gulvet, rullet sammen som en kasseret uldtot.

Sobo udstødte et skrig: »Kom hurtigt! Vores Lia har brug for hjælp!«

Samantha var den første, der ankom. Hun pressede straks sine læber mod Lias pande for at tjekke temperaturen og råbte derefter til sin mand, at han skulle hente et termometer for at dobbelttjekke.

»Hendes temperatur er 107,7,« bekræftede Sam. »Vi er nødt til at få hende på hospitalet.«

Samantha trykkede på 911, mens Sam tog Lia op og bar hende og lagde hende på sofaen, og de ventede på ambulancen.

»Jeg holder skansen,« sagde Sam, mens hans kone og Sobo fulgte efter ambulancefolkene, som bar den bevidstløse Lia på en båre.

Da ambulancen kørte væk fra kantstenen med blafrende sirener, åbnede Lia øjnene og forsøgte at sætte sig op.

»Jeg har det fint,« sagde hun.

Ambulanceredderen tjekkede hendes temperatur igen, og den var normal. Han trak på skuldrene.

Da de ankom til hospitalet, var Lia tilbage til sit gamle jeg og ville gerne hjem igen - nu.

»Selv om hendes livstegn er fine nu, er vi nødt til at følge op på det, siden du ringede til os. Lia bliver indlagt, og når vagtlægen har givet grønt lys, får hun lov til at tage hjem.«

»Lad mig i det mindste gå ind,« sagde deltageren, da chaufføren åbnede dørene.

»Nej, lille dame, du bliver her,« sagde han, mens de gjorde klar til at bringe båren og dens beboer ind, mens Samantha og Sobo fulgte efter.

Samantha sendte Sam en sms med en opdatering. Han svarede med en tommelfinger op-emoji, netop som hun praktisk talt gik ind i PJ og Ardens forældre, der var på vej ud.

»De er vågne! Vores drenge er vågne!«

»Begge to?« udbrød Samantha, mens hun videregav den seneste information til Sam, som vækkede sin nevø for at fortælle ham den gode nyhed.

»Jeg kommer med det samme!« sagde E-Z efter at have ringet efter en taxa.

KAPITEL 24
PÅ HOSPITALET

E-Z VAR PÅ VEJ hen til sine to bedste venner. I taxaen blev hans tanker ved med at gentage de gode nyheder igen og igen. Der var sket så meget. Så meget, de var gået glip af. Så mange ting, han måtte fortælle dem. Ønskede at fortælle dem.

»Ved du, hvilken stue det er?« spurgte sygeplejersken.

Han sagde nej, og hun fandt det hurtigt for ham. Efter at have takket hende tog han elevatoren og gik hen til deres værelse og spekulerede på, om han skulle købe noget til dem. Blomster? Slik? Han besluttede sig for at spørge dem, om de manglede noget.

Da han ankom lige uden for deres dør, kunne han høre deres stemmer, og han holdt øje med dem et øjeblik, før han gav sig til kende. Så tog han en dyb indånding og forsøgte at holde sine følelser tilbage - han ville ikke blive helt blød i knæene og gøre sig selv til grin ...

»Kom ind, din store bløddyr!« sagde PJ.

»Ahhhhh, han har savnet os!« Sagde Arden.

»Burde I ikke se bedre ud efter al den skønhedssøvn? I trænger i øvrigt begge til at blive barberet!«

»Vi vil ikke overskygge dig, og jeg kan godt lide følelsen af mit overskæg,« sagde Arden.

»Vi ved, at du elsker opmærksomheden! Jeg kan se, at din flaskebørste også trænger til at blive trimmet!«

PJ's mor, som lige var kommet ind på værelset, hviskede til E-Z, at de ikke ville have, at drengene skulle overdrive, da de kun havde været vågne i et par timer.

Efter en kort snak krammede E-Z begge sine venner og sagde, at han var nødt til at gå. »Jeg kommer tilbage,« lovede han, «og så sniger jeg en burger eller to ind - jeg har hørt, at hospitalsmaden er rigtig, rigtig dårlig.«

»Det gør du ikke!« sagde Ardens mor, da hun også kom ind på værelset.

Han rykkede sin stol tilbage med Ardens mor over for sig, og hans to venner lagde deres hænder sammen og bad ham om at tage mad med til dem.

Da han gik hen ad gangen, kunne han ikke tro, hvor meget han havde savnet dem - og hvor godt de så ud. Han tog elevatoren ned til Emergency, hvor han fandt Samantha og Sobo.

»Noget nyt?« Spurgte E-Z.

»Hun havde det fint, fordi de fik hende til at blive for at tjekke hende,« sagde Samantha. »Men jeg får det bedre, når hun får grønt lys, og vi kan komme ud herfra.«

»Det har jeg også,« sagde E-Z. »Lad mig gå ud og se efter.« Han skubbede sig hen ad gangen. Mens han gik, lyttede han til stemmerne inde i et afskærmet område, som han anså for at være stationer før indlæggelse. Endelig hørte han Lias stemme og gik ind.

»Vent venligst udenfor,« sagde sygeplejersken.

»Men hun er min søster.«

»Jeg vil hjem - nu!« forlangte hun og lagde armene over kors.

»Du bliver udskrevet, så snart lægen siger, at du kan blive udskrevet. Og ikke et øjeblik før.«

»Hvordan har du det? Mor er bekymret for dig.«

»Jeg vil lade jer to være alene og snakke,« sagde sygeplejersken. »Lægen kommer meget snart. Og sørg for, at hun forbliver rolig.«

»Øh, tak,« sagde E-Z.

Da hun var gået, gav de hinanden et knus.

»Lille Dorrit og jeg blev næsten forbrændt af solen!« sagde hun. Hun fortalte E-Z alt, som det skete fra start til slut.

»Interessant, at det var Francois, der reddede dig.«

»Jeg ved ikke, hvordan han vidste det. Lille Dorrit og jeg troede, vi var færdige. Det var helt sikkert Furierne. De ville brænde os op! Vi var ved at blive brændt. De er forfærdelige, onde hekse!«

»Var der slanger?« Spurgte E-Z.

»Slanger og piske.«

»Det lyder som The Furies.« E-Z tøvede. Han skiftede emne. »Har du hørt om PJ og Arden?«

Hun rystede på hovedet.

»De er vågnet!«

»Det er da løgn! Det er et mærkeligt sammentræf, synes du ikke? De prøver at dræbe Lille Dorrit og mig, og i mellemtiden vågner vores to komatøse venner op.«

»Du har ret, jeg tror, det hele hænger sammen.«

Samantha skubbede gardinet fra sig. »Hvad hænger sammen?« Hun krammede sin datter. »Hvordan har du det nu, skat?«

»Jeg er ikke en baby,« sagde Lia. »Men jeg har det bedre, og jeg vil gerne hjem. Når jeg har besøgt PJ og Arden.«

Sobo kom ind. Hun krammede Lia.

»Hvad er der sket med dig?« spurgte hun.

Igen forklarede Lia alt. Hendes mor tog det ikke så pænt som Sobo. E-Z skyndte sig over og skænkede et glas vand til Sam. Mens Sobo havde masser af spørgsmål. »Varmer du mælk i mikrobølgeovnen?«

Lia nikkede.

»Og så blev du zappet ud af køkkenet?«

»Ja, og direkte op på Lille Dorrits ryg. Lille Dorrit sagde, at jeg havde tilkaldt hende, men det havde jeg ikke.«

»Og hvad skete der så?« Spurgte Sobo.

»Lille Dorrit fløj, og vi sludrede, og da ingen af os vidste, hvor vi var på vej hen eller hvorfor, overvejede vi at vende om. Før vi vidste af det, blev Lille Dorrit og jeg tvunget tættere og tættere på solen uden mulighed for at vende om.«

»Men du og Lille Dorrit opfylder ikke Furiernes kriterier. De burde ikke kunne røre nogen af jer!« udbrød E-Z.

Samantha sagde: »Måske er det bare et tilfælde.

Sobo gentog sit råd fra før: »Undervurder aldrig en fjende.«

Da Lia havde fået lov til at tage hjem, overraskede hun og E-Z PJ og Arden med cheeseburgere og pommes frites, som de havde smuglet ind.

På vej hjem i taxaen med Samantha, Sobo og Lia tænkte E-Z kun på én ting. Furierne havde angrebet Lia og Lille Dorrit, og de havde fejlet. Ikke alene havde de fejlet - takket være Francois - men på en eller anden måde havde universet sendt PJ og Arden tilbage.

En tilfældighed? Det troede han ikke. I stedet ville han gerne tro, at Furiernes kræfter blev mindre, hvis de bevægede sig uden for deres mandat.

Uanset hvad måtte han og hans team være klar til at udnytte situationen når som helst.

Dette var måske deres eneste chance.

Den eneste fordel i deres favør.

KAPITEL 25
SOBO

»JEG ER NØDT TIL at stille et spørgsmål mere«, sagde Sam til E-Z, før alle kom ind til mødet.

»Okay, spørg løs,« sagde E-Z.

»Jeg undrede mig over, hvorfor Rosalie ikke vidste noget om Francois.«

»Jeg...« længere nåede E-Z ikke, før Brandy og Lia kom ind i køkkenet.

»Tag dig ikke af os,« sagde Brandy, mens hun åbnede køleskabet, tog appelsinjuicen ud og drak den op, før hun smed beholderen i genbrugsspanden.

»Øh, du burde skylle den ud først,« sagde E-Z, hvilket Brandy gjorde. Så satte hun sig ned på en stol og tørrede sig om munden med bagsiden af hånden.

»Undskyld, det var ikke min mening at være uhøflig og stoppe så pludseligt, som jeg gjorde. Jeg ville have, at vi alle skulle være her for at diskutere onkel Sams bekymringer.«

»Fair nok,« sagde Lia og satte sig ved siden af Brandy.

En efter en ankom de andre og tog plads rundt om bordet.

E-Z begyndte med at opdatere alle om PJ og Ardens mirakuløse helbredelse, hvilket blev efterfulgt af et stort bifald fra alle, også fra dem, der ikke engang havde mødt dem endnu.

»Næste punkt på dagsordenen, og jeg tror, at de to ting hænger sammen, er, at Lia og Lille Dorrit blev narret til at forlade huset, og deres liv var i fare. Hvis det ikke havde været for Francois, var det måske lykkedes for furierne, som vi mener er ansvarlige.«

»Bravo Francois!« sagde Charles.

»Hvordan blev du narret?« spurgte Brandy.

»Hvor skete det?« spurgte Lachie.

»Lia, vil du fortælle det?« Spurgte E-Z. Hun rystede på hovedet, nej. »Spring til, hvis jeg overser noget,« sagde han. Han gik videre og forklarede, hvad der var sket, og hvorfor de troede, at Furierne var ansvarlige.

»Siden da har jeg tænkt på Furierne og deres mandat. Som vi ved, skal de følge det. Da de forsøgte at dræbe Lia og Lille Dorrit, brød de reglerne. Hvilken grund kunne de give for at forsøge at dræbe Lia eller Lille Dorrit? Ikke alene gik de imod deres mandat, men de fejlede også. Overvej nu, hvad der skete på nøjagtig samme tid - jeg mener selvfølgelig PJ og Arden - de kom ud af deres koma. En tilfældighed? Nej, det tror jeg ikke.

»Og jo mere jeg forbinder dem i mit hoved, jo mere spekulerer jeg på, om Furierne måske er ved at blive svækket. Hvis jeg har ret, er det måske det rigtige tidspunkt for os at få ram på dem.«

»Det er muligt,« sagde Alfred, «men jeg kan huske, at jeg læste om Einstein i min skoletid - og det kunne bevise noget andet. Jeg mener, måske var det slet ikke Furierne. Det kan have været en forstyrrelse af rum-tid-kontinuummet. Eftersom Francois var i stand til at redde dem, og ingen af os vidste, at det skete, er det en mulighed, der er værd at undersøge, synes du ikke?«

Sam gik rundt. »Ud fra alt, hvad vi ved om Furierne, og hvad jeg kan huske fra mine studier om Einstein - for overhovedet at have en chance for at bøje rumtidskontinuummet, skulle Lia og Lille Dorrit have rejst hurtigere end lyset - 186.282 kilometer i sekundet. Hvis man kørte så hurtigt, ville man bevæge sig baglæns i tiden, ikke fremad.«

»Vi rejste hurtigt, men ikke så hurtigt,« sagde Lia.

»Fortæl os igen, hvad der skete, Lia. Billede for billede. Lige indtil det tidspunkt, hvor Francois dukkede op,« sagde Alfred.

Lias historie begyndte i køkkenet og endte med, at hun lå på hospitalet.

Ved håndsoprækning stemte alle for, at de troede, at Furierne var ansvarlige, men ingen kunne forklare, hvorfor Francois vidste det, eller hvordan han var blevet tilkaldt.

»Har du ringet efter ham?« spurgte E-Z. »Jeg mener, hvordan vidste han det? Det er noget, jeg har tænkt mig at spørge ham om.«

»Det bringer mig tilbage til, hvor vi startede i dag,« sagde Sam. »Og mit spørgsmål er, hvorfor Rosalie ikke vidste noget om Francois.«

»Og hvordan har Lille Dorrit det?« spurgte Sobo.

»Jeg ved ikke med Francois, men enhjørningen sov, da jeg smuttede ud efter græs i morges.«

»Ah, det er godt,« sagde Lia.

»Måske har lægerne en forklaring på, hvorfor PJ og Arden vågnede, da de gjorde?« spurgte Sam.

»Ja, det har de måske, men jeg kan ikke se, at det betyder noget for os. Det gør det egentlig ikke. Hovedsagen er, at de er vågne, og vi ved stadig ikke, om Furierne var ansvarlige for dem. Men vi har beviser på, hvad de har gjort ved andre børn, og på en eller anden måde må vi få dem til at betale. Og vi er nødt til at få dem til at stoppe.«

»Måske har lægerne en forklaring på, hvorfor PJ og Arden vågnede, da de gjorde?« spurgte Sam.

»Ja, det har de måske, men jeg kan ikke se, at det betyder noget for os. Det gør det egentlig ikke. Hovedsagen er, at de er vågne, og vi ved stadig ikke, om Furierne var ansvarlige for dem. Men vi har beviser på, hvad de har gjort ved andre børn, og på en eller anden måde må vi få dem til at betale. Og vi er nødt til at få dem til at stoppe.«

»Her! Her!« sagde Charles og slog hånden ned i bordet.

»Kan vi tale lidt mere om Francois,« spurgte Brandy.

»Hvad nu, hvis han ikke vil fortælle os noget,« spurgte Charles, »medmindre vi accepterer ham som medlem af teamet?«

»Charles har en god pointe,« sagde E-Z. »Jeg er parat til at bruge det her som en test med Francois. Hvis han ikke vil fortælle os, hvad han ved, så er det måske ikke meningen, at han skal være en af os.«

»Hvad hvis han er en rigtig god løgner?« spurgte Brandy. »Og nogle mennesker er fremragende løgnere.«

Lia sagde: »Hvorfor laver vi ikke et Zoom-opkald? Så kan vi alle chatte med ham og se, hvad han er for en type, og så kan vi stemme om det. Jeg er allerede parat til at stemme ja.«

»Nej,« sagde E-Z. »Jeg vil ikke have, at han skal vide noget om Charles, Haruto, Lachie eller Brandy. Alt, hvad han ved lige nu, er, hvad han kan finde på nettet.«

»Og alligevel,« indskød Sam, «var Poppet i stand til at komme ind i vores hus.«

»Ja, sådan er det,« sagde E-Z.

»Desuden reddede han Lille Dorrit og mig - så han kender til hende.«

»Jeg føler, at vi kører i ring,« sagde Alfred. »I mellemtiden dør flere børn og kommer ind i Soul Catchers, som tilhører andre, der er døde,« sagde Alfred. »Jeg håbede sådan, at vi ville være længere fremme, efter at jeg havde afkodet oplysningerne i bogen.«

»Vent lidt,« sagde E-Z. »Er der nogen, der har set Hadz og Reiki i dag?«

Det var der ingen, der havde.

E-Z's telefon summede. En lang sms fra PJ og Arden kom igennem:

»Spørg os ikke hvordan, men vi ved, at Furierne er på vej mod jer. Og ja, vi har en plan. Vi skal vide det, så snart du ser dem. Send os en sms - og Haruto.«

Svarede E-Z. »Hvad....«

»Stol på os,« skrev PJ.

Begge udvekslede thumbs up-emojis, og så forklarede han situationen for Haruto og de andre.

At vide, at The Furies var parat til at starte kampen nu, på fjendens territorium og uden deres leder Eriel, gjorde E-Z nervøs. De havde dog mistet overraskelsesmomentet takket være PJ og Arden.

At sidde og vente på, at de skulle komme, var ikke den bedste strategi.

Men nu havde de en fordel. Alt, hvad de skulle gøre, var at sidde og vente - og håbe.

KAPITEL 26
UVENTEDE BESØGENDE

Alle gik i gang med deres arbejde og forsøgte at holde sig beskæftiget, mens de ventede. Så brød en uundgåelig stank igennem murstensvæggene.

»Hvad er det?« råbte Lia og holdt sig for næsen med sine fingre. »Jeg kan stadig lugte det!«

Brandy gjorde det samme med sin højre hånd, og med sin venstre sprøjtede hun luftfriskere rundt i rummet, som i stedet for at mindske stankens kraft så ud til at gøre luften tykkere og forstærke den.

»Lad os gå udenfor!« sagde Lachie. »Måske er det bedre derude?« Han åbnede døren, selv om logikken sagde ham, at hvis lugten var slem indenfor, måtte den være værre udenfor. I første omgang blev hans sanser narret, og han kunne ikke lugte noget. Var han ved at vænne sig til det? Var Furierne ved at stinkbombe huset indvendigt?

Så fik han øje på Lille Dorrit og Baby, som kredsede over ham. »Det er ikke bedre heroppe!« sagde Baby.

»Lige meget hvordan vi går!« tilføjede Lille Dorrit.

Så ramte det ham igen, stanken som et slag i ansigtet, og et øjeblik mistede han balancen. Han fik øje på tørresnoren og knagerne og løb hen til dem. Han klemte en af dem ned på sin næse, og voila, han kunne ikke lugte noget. Han vinkede til Lille Dorrit og Baby om at komme ned, og da de gjorde det, satte han de nødvendige pløkker på (deres næser havde brug for flere), indtil de heller ikke længere kunne lugte den ildelugtende lugt.

»Tak,« sagde Lille Dorrit og Baby, da de rejste sig fra jorden. »Vi holder udkig.«

Lachie vendte tommelfingeren op til dem og lagde så mærke til, at der var lidt tumult på vej ned ad stien mod hegnet tilbage i haven. En gruppe væsener dannede en cirkel, som om de holdt møde. Han gik hen imod dem, da en ugle løftede sig fra en gren og landede på hans skulder.

»Øh, hej,« sagde han og så ind i uglens øjne. »Har vi mødt hinanden før?« Uglen nikkede, og så genkendte han, hvem det var. Det var Sobo. »Da du sagde, at din superkraft var forvandling, tænkte jeg ikke på dig sådan her!«

»Haruto ved det ikke,« sagde hun. »Jeg tror i hvert fald ikke, han kan huske mig - endnu.« Hun fløj tilbage til gruppen af væsner: »Kom og vær med,« sagde hun.

Lachie gik rundt blandt dem og blev en efter en præsenteret for en hjort ved navn Oboe, en vaskebjørn ved navn Charlie, en ræv ved navn Louise, en fugl (Blue Jay) ved navn Lenny og en anden fugl (Cardinal) ved navn Percy.

»Vi er kommet for at hjælpe,« sagde hjorten Oboe, «men vi er meget bange for Furierne.«

»Lad mig se dem!« udbrød vaskebjørnen Charlie. »Jeg vil klø deres øjne ud.«

»Og jeg flår halsen ud på dem!« råbte ræven Louse.

»Hov! Vent lige et øjeblik!« sagde Lachie. »Det her er ikke din kamp. Jeg sætter pris på, at du vil hjælpe, men hvorfor giver du ikke os en chance først? Hvis vi får brug for din hjælp, fløjter jeg, og så kan du komme ind.«

»Han har ret,« sagde Sobo. »Men han mener ikke mig.« Hun kiggede på Lachie for at sikre sig, at hendes antagelser var korrekte, og svarede med et nik. »Jeg er nødt til at beskytte mit barnebarn og de andre.«

Lenny og Percy, de to andre fugle, kvidrede indbyrdes.

Sobo, som havde været rolig, begyndte nu at flakse på en meget uberegnelig måde og gentog: »Der kommer slemme ting! Der kommer forfærdelige ting! Der kommer frygtelige ting!«

»Shhh, Sobo,« sagde Lachie og forsøgte at berolige hende. »Vi er klar, og de ved ikke, at vi ved, at de kommer.«

DUNK DUNK DUNK DUNK

DUNK DUNK DUNK DUNK

DUNK DUNK DUNK DUNK

Det var lyden af jorden under deres fødder, der pulserede som et hjerte, der forsøgte at bryde ud af et bryst.

Dunkingen blev efterfulgt af trommen.

Og så trommen.

"Furierne kommer!

Furierne kommer!

Furierne kommer!"

Mens himlen over dem vred sig

Og vendte sig.

Og brændte.

Fra en strålende blå farve til en blodig orangerød.

Naboer kravlede udenfor, som naboer nu engang gør - for at se, hvad den ildelugtende lugt skyldtes. Nogle støjende parkanter besvimede, da deres sanser blev overvældet, og nogle tog popcorn med ud på verandaen for at spise og se på.

De havde ingen anelse om, hvilken slags fare der var på vej mod dem.

Og alligevel var der spor.

Den dunkende hvisken.

De dunkende dunk dunk dunk dunk.

Alligevel trak mange sig ikke tilbage til sikkerheden i deres hjem.

I stedet spiste de deres popcorn og drak deres sodavand, alt imens de ventede.

GAP

Uden at flygte.

Mens selve jorden under deres fødder var

DUNK DUNK DUNK DUNK

DUNK DUNK DUNK DUNK

DUNK DUNK DUNK DUNK

Så blev dunken efterfulgt af trommen.

Og så trommen.

"Furierne kommer! Furierne kommer! Furierne kommer!"

✳✳✳

»Lad os gå udenfor!« udbrød E-Z. »Og møde dem direkte!« Han smed hoveddøren på vid gab, så den slog mod væggen.

Brandy, Lia, Haruto, Charles og Alfred stod bag ham, klar til at gå i aktion, så snart de fik besked på det.

Han kiggede sig over skulderen for at se Sam og Samantha på vej ud. »Ikke dig,« sagde han. »Babyerne har brug for jer indenfor. Overlad det til os.«

Sam og Samantha trak sig tilbage.

Nu stod de fire soldater side om side på græsplænen og ventede. For en fremmed kunne de have set ud som en gruppe børn, der ventede på skolebussen på en almindelig skoledag. Men dette var ikke en normal dag. Dette var Armageddon.

Lias arme rystede og skælvede, mens hun søgte i sit sind, åbnede sig for sit sind i håb om at kunne afkode, at hendes superkræfter ville give hende adgang til

Furiernes sind. At hun ville være i stand til at sætte sig selv i spil og finde spor, oplysninger, der kunne hjælpe hendes team - men hendes sind forblev tomt.

Alfred sagde: »Jeg flyver op på taget. Ser, hvad jeg kan se.«

E-Z nikkede. »Pas godt på dig selv. Og se, om du kan finde Lachie og Sobo.« Han havde allerede fået øje på enhjørningen og dragen, der fløj højt over dem. Han gav dem tommelfingeren op.

Et højt fløjt, og Baby dykkede ned, Lachie sprang op på hans ryg, og sammen sluttede de sig til Alfred på taget. En ugle landede ved siden af dem.

»Det er Sobo,« sagde Lachie.

»Kan du se noget?« spurgte E-Z.

Alfred baskede med vingerne: »Der er en gigantisk hylde på vej mod os på størrelse med et isbjerg, men den bevæger sig hurtigt.«

E-Z prøvede at se det for sig, men han kunne ikke, for hvordan fanden skulle han og hans team stoppe sådan en tingest? Og hvordan?

»Den bevæger sig mod os som en tsunami,« sagde Alfred.

»Men den er ikke lavet af vand,« sagde Lachie. »Det så ud, som om den var lavet af sand. En sandbølge. Med tre sortklædte kvinder.«

En sandbølge, ja, nu kunne han se det for sig. »ETA? Jeg mener anslået ankomsttidspunkt?« spurgte E-Z.

»Det er svært at sige,« sagde Alfred. »Minutter ...«

Alt imens jorden under deres fødder fortsatte med at tromme.

Og trommede.

"Furierne kommer! Furierne kommer! Furierne kommer!"

$$* * *$$

»Gå INDENFOR!« RÅBTE E-Z til de nysgerrige naboer. »Luk dørene, lås dem. Og nogen lægger en besked ud på de sociale medier. Sig til alle, at de skal blive inden døre. Sig, at de ikke må komme udendørs igen, før de får grønt lys fra mig! Gå nu!«

SLAM.

SLAM.

Over hans skulder kiggede Alfred, en ugle, Lachie og Baby ud og så, hvordan bølgen lukkede afstanden mellem Furierne og hans hold, mens Lille Dorrit holdt et vågent øje højt oppe fra.

Det var for sent at lægge en plan. For sent til at gøre andet end at håbe, at de var klar, mens vinden piskede og skubbede dem rundt, og jorden bankede i takt med deres hjerteslag.

KRAK.

Bag ham knækkede hoveddøren og fløj af sine hængsler. Den hoppede og raslede hen ad gaden, før den endelig lagde sig fladt ned.

Sam trådte ud. E-Z vendte sin stol mod ham og troede ikke sine egne øjne.

Sam havde samlet et kostume, eller en række kostumer, og skabt sin egen superheltekarakter. På hovedet havde han en ridderhjelm med masken slået op. Når han bevægede sig fremad, faldt den ned, og han var nødt til at klikke den på plads igen. Han havde brugt sort til øjnene - ligesom baseballspillere bruger for at fjerne genskinnet under øjnene. Hans brystkasse var svulmet op, som om han havde en skudsikker vest på under skjorten, og bag ham hang en lang sort kappe. På den nederste halvdel havde han sorte jeans og sit yndlingspar løbesko.

Superhelteholdet forsøgte at lade være med at grine, da han kom gående ved siden af dem, og de lagde mærke til, at hans superheltenavn - SAM THE MAN - var syet ind i stoffet over hans skuldre.

Lille Dorrit dykkede ned og kastede Brandy op på ryggen. Dernæst hoppede Lachie op på Babys ryg og lettede. Han kastede et blik op på taget. Lille Dorrit var der ikke længere. Alfred og uglen løftede sig fra taget. De landede alle sammen ved siden af E-Z og de andre.

»Alle for én!« sagde de. »Og en for alle!«

»Men hvor er min Sobo?« spurgte Haruto.

Sobo fløj op på hans skulder, og han vidste straks, at det var hende. Så forvandlede hun sig til sin menneskelige form.

Børneholdet havde set Sam the Uncle blive til Sam The Man, og Sobo forvandle sig fra en ugle til en bedstemor, men ingen af dem blev skræmt af det.

For under deres fødder fortsatte jorden med at TROMLE.

Og THRUMMING.

Men ordene havde ændret sig.

"Furierne er her næsten.

Furierne er her næsten.

Furierne er her næsten."

$$*\,*\,*$$

E-Z OG HANS TEAM så til, mens den gigantiske sandbølge, der lignede en oceandamper på vej ind i en havn, drev ind. Men denne tingest fløj gennem gaderne og smadrede huse, træer og alt levende på sin vej. Og den satte ikke farten ned.

Der var ikke tid nok til, at de kunne nå at lette, og desuden var de lamslåede af tingestens enorme størrelse. Den stoppede, og Furierne regerede over dem, og deres stemmer skreg af grin, da de for første gang så deres fjender i øjnene.

»Er de overhovedet virkelige?« spurgte Tisi. »De ligner miniaturedukker, der venter på at blive trådt på.«

»Jeg kan se, at de har en drage og en enhjørning. Og en svane. Åh nej!« skreg Ali.

»Husk, hvorfor vi er her,« sagde Meg. »Nu skal I to opføre jer ordentligt, mens jeg går ned og taler med lederen. Hvad var det nu, han hed?«

»E-Zed,« skreg Tisi.

»E-Zed,« råbte Ali.

Sammen sagde de navnet E-ZED, E-ZED, E-ZED.«

»De kalder dig E-Z,« sagde Brandy, mens hun sparkede af sted.

»Nej!« råbte E-Z. »Vent på min ordre!« Men det var for sent, Lille Dorrit og Brandy var allerede i luften, men de nåede ikke langt og fandt en plads på taget.

E-Z og resten af holdet holdt stand.

»Hvad venter de på?« spurgte Sam.

Charles sagde: »De håber, at deres stank vil gøre arbejdet for dem. Han smilede, og alle grinede. Alle undtagen Sobo, som forvandlede sig tilbage til sin ugletilstand og fløj op på taget sammen med Brandy og Little Dorrit.

Furierne, som havde en fremragende hørelse, og som havde en plan og havde tænkt sig at følge den, brød sig ikke om at være genstand for superheltebørnenes vittigheder, og en efter en gik de i luften. Efterhånden som de nærmede sig, steg stanken, mens deres sorte kapper blafrede i vinden.

»Fang!« råbte Lachie og kastede tøjklemmer til hvert medlem af holdet.

De nu ikke så stinkende hekse fløj tættere på, så børnene nedenunder kunne se dem mere detaljeret. I virkeligheden var de større end livet, bogstaveligt talt, på grund af slangerne, som gled hen over deres kroppe. De spyttende slanger med kløftet tunge blev ledsaget af lyden af piske, der knækkede i en enestående opvisning i psykologisk krigsførelse.

Det var Meg, som ifølge den oprindelige plan brød isen, da hun råbte: »Hvor er Eriel? Vi ved, at I har ham! Giv os ham, NU.«

Den høje lyd af hendes skrigende stemme fik børnene til at holde sig for ørerne, mens glasgenstande som gadelygter, verandalamper, vinduer og endda glas i skabe splintredes i miles omkreds.

Da han var sikker på, at Meg ikke længere talte (da hendes mund var lukket), svarede E-Z: »Det er der, forrædere bliver holdt fanget. Så nu kan I kravle tilbage til det hul, I tre kravlede ud af!« Og da han var færdig med at tale, lettede hans fra jorden, efterfulgt af Alfred, Sobo, Little Dorrit med Brandy Baby og Lachie om bord.

»Det her er vores territorium. Det er vores folk - og I har ikke noget at gøre her. Faktisk har I slet ikke noget at gøre her på jorden. Det har I aldrig haft. I hører ikke til her,« sagde E-Z. »Og vi er trætte af jeres manipulation. Du har overspillet din hånd. Du har misbrugt dine kræfter. Du er foragtelig. Og vi vil få dig til at stå til ansvar for det.«

»Hvad vil en lille dreng som dig gøre ved os?« Tisi, som var flyttet ind ved siden af Meg, råbte: »Køre os over?«

Hendes skingre latter fyldte luften og fik jorden under resten af holdets fødder til at splintres. Lia, Haruto, Charles og Sam krøb sammen mellem hullerne for at være i sikkerhed.

Meg sluttede sig til de sjove navneopråb: »Måske vil svanen kilde os til døde? Vi kan selvfølgelig plukke ham - og spise ham til frokost!«

De ikke-flyvende medlemmer af holdet krøb endnu tættere sammen. Haruto, som kunne have snurret sig væk, var for bange til at bevæge sig. Han holdt sig væk fra de åbne huller i jorden, som truede med at opsluge dem.

»Og du, lille pige,« sagde Alli til Lia. »Vi prøvede at smelte dig i solen. Du slap væk dengang. Men hvad vil du gøre ved os nu? Vil du stirre på os med dine hænder og forvandle os til statuer?«

Furierne skreg af grin igen, mens jorden under dem trak sig sammen, som om den forsøgte at føde noget.

»Nu keder jeg mig,« sagde Meg.

De to andre søstre var usædvanligt stille, som om de var usikre på, hvad deres næste træk skulle være.

»Meg fløj lidt tættere på E-Z med hænderne på hofterne: »Vi spilder vores tid her! Vi er ikke kommet for at kæmpe mod jer i dag. Ikke uden vores leder. Det eneste, vi vil vide, er, hvor han er. Lad ham gå. Lad ham gå - nu. Så gemmer vi kampen til en anden dag.«

»Det kunne du godt tænke dig, ikke sandt!« råbte Alfred.

Det fik Alli til at gå amok.

»Kom til mig, lille swanny swanny. Kedlen venter på dig - dit fjerklædte misfoster!«

»Han er en svane, ikke en gås, din idiot!« sagde Brandy, mens hun styrede Lille Dorrit hen mod hende.

E-Z var glad for at blive distraheret og modtog en sms fra PJ og Arden og gav Haruto tommelfingeren op.

Haruto spandt sig usynlig og løb hurtigere end hurtigt til hospitalet, hvor han mødte PJ og Arden, som allerede var inde i spillet og ventede. Nu lavede de hver især et drab. Da Haruto ankom, lavede de to drab mere.

Furiernes grådighed efter flere børnesjæle sendte deres essenser ind i spillet.

»Vi har dig!« råbte de tre gudinder.

»Nu!« råbte PJ. råbte PJ, mens Arden trykkede på SAVE til USB, og da det var gemt, trykkede han på EJECT. Han lukkede USB'en med tape og lagde den i en lufttæt pose.

»Tag den med til E-Z!« sagde Arden.

Haruto kom ned på jorden, gjorde tegn til sin bedstemor, som tog USB'en i sit næb og tog den med til E-Z.

PJ sendte en sms. »Furiernes essenser er i USB'en.«

E-Z lagde USB'en sikkert i sin bukselomme, og næste gang han kiggede på The Furies, havde billedet i Raphaels briller ændret sig. De tre søstres kroppe tonede ind og ud, men det gjorde slangerne ikke. Det var der, han indså, hvad deres akilleshæl var. »Slangerne holder dem i live!« råbte han. »Vi er nødt til at fjerne slangerne.«

Brandy var allerede tæt nok på til at ramme Alli. Desværre var hun også tæt nok på til, at Alli's slange kunne bide hende - og det gjorde den. Hun faldt om, og Lille Dorrit stak af, men det var for sent, Brandy var allerede død.

»Få hende ud herfra!« E-Z råbte, og Lille Dorrit fløj op i himlen, mens hun hulkede.

»Hun skal nok klare den,« sagde E-Z.

»Det tror jeg ikke,« grinede Alli. »Vores slanger er ikke fra denne verden. Hvis du bliver bidt af en af dem, vil dine kræfter ikke virke, uanset hvilke du har. Men vi bliver her og venter, hvis du vil have det? Og når hun ikke kommer tilbage, sprænger vi resten af dit hold i stumper og stykker!«

»I kællinger!« udbrød E-Z.

Sobo gik i gang med at angribe og trække slangeøjnene ud en efter en og lade dem falde til jorden. Da hun var færdig med Alli, gik hun videre til Meg og derefter til Tisi. Da hun var færdig med sin opgave, var bedstemoren for udmattet til at gøre andet end at lande ved siden af sit barnebarn og vende tilbage til sin menneskelige form.

»Men Sobo,« sagde Haruto, «jeg vil også kæmpe.«

»Lad dem gøre resten,« sagde hun. »Jeg er for træt til at bære dig.«

Sobo og Haruto så resten af holdet gøre det af med slangerne.

Furierne åbnede deres mund og lukkede den igen, men der kom ingen lyd ud af dem. Ud over at være stemmeløse og falmende forsøgte deres kroppe at holde sig flydende, mens blodet i deres årer dryppede og dryppede ned.

E-Z's kørestol bevægede sig rundt under dem, fangede dråberne og blandede The Furies' blod med de andre prøver, den havde indsamlet.

»De er døde,« bekræftede E-Z, mens The Furies' tomme kapper svævede som sorte spøgelser mod jorden.

Men det var ikke slut endnu.

B AG E-Z LØFTEDE SANDBØLGEN hovedet, og da den så
de punkterede øjne omkring sig - alle sine børns
øjne - kom denne mor til alle slanger langsomt til live.

Sam, som havde set bevægelsen først, råbte: »Pas
på E-Z!«, og da han ikke blev hørt, sluttede Lia, Charles,
Haruto og Sobo sig til.

Lachie hørte deres råb og så slangen, da hun hørte
den glide hen mod E-Z. Han så ind i slangens øjne og
sagde: »NEJ!«

I et sekund eller to holdt slangemoderen op med
at bevæge sig, og det så ud, som om hun hørte
og forstod Lachies kommando, så fik han øje på et
glimt i hendes øjne. »Duck E-Z!« råbte han, mens
Baby åbnede munden og skød ild i retning af E-Z og
slangemoderen.

Der gik ild i E-Z's hår, og han klappede det ud,
hvorefter hans stol faldt til jorden.

Baby blev ved med at spy ild mod den kæmpestore slange, indtil den var brændt helt ud. I stedet for den stank, som Furierne frembragte, var luften nu fyldt med en fed lugt af kylling, som man ville finde den ved enhver grillfest i baghaven.

»Øh, tak Baby og alle sammen,« sagde E-Z, mens han kørte sine fingre gennem midten af sit hår. Det havde fjernet den børstelignende del.

»Det vokser ud igen,« sagde Sam, mens jorden under deres fødder igen begyndte at

THRUM

OG TROMME

E-Z's kørestol løftede sig fra jorden af sig selv, og det begyndte at regne med bloddråber ned i de kratere, der havde åbnet sig i jorden.

»Hvad er det, der sker?« spurgte Alfred.

Under ham fortsatte hans kørestol med at bløde, mens den kastede ham rundt fra sted til sted. »En lille dråbe her og en lille dråbe der,« reciterede han i tankerne. På jorden sagde hans team de samme ord, som kørte rundt i hans hoved: »En lille dråbe her og en lille dråbe der,« og sammen afsluttede de digtet: »en lille dråbe overalt,« og så begyndte de forfra. Han rystede på hovedet ... læste de alle sammen hans tanker?

Under deres fødder fortsatte jorden.

DRUMMENDE

TROMMENDE.

KONVULSERENDE.

SAMMENTRÆKKENDE.

Lia løftede sig fra jorden og åbnede sine arme så meget, som de kunne, med hovedet sænket bagover og øjnene rettet mod himlen. Og over hende flækkede himlen. Det begyndte at regne, men da de ramte fortovet, var pletterne røde. Himlen græd blodige tårer, mens Lia svajede og drejede sig i luften som en snoreløs marionet.

De andre, undtagen Baby og Lachie, løb ud på verandaen for at undslippe det blodige regnvejr, men de kunne ikke gøre noget ved Lia, som stadig var svævende og i trance.

»Vi sørger for, at hun ikke falder,« sagde E-Z, »resten af jer går i dækning.«

PULSENDE.

PUSHING.

Så kom der et lyn.

Efterfulgt af torden.

Ærkeenglen Michael brød gennem barrieren og fløj ned, indtil han var tæt på E-Z.

»Jeg kan forstå, at du har situationen under kontrol«, sagde Michael.

»Ja, Furiernes essenser er i denne USB.«

»Kast den til mig,« sagde Michael.

Som om han kastede en baseball til anden base, skød E-Z USB'en i retning af Michael, som rakte ud og greb den og indkapslede den i is. »Jeg, Eriel, får selskab,« sagde Michael. »De vil alle være på is i resten af evigheden. Og forresten, godt gået alle sammen!« Og så fløj han væk lige så hurtigt, som han var kommet.

»Hvad med Lia?« råbte E-Z, men Michael svarede ikke.

Jorden begyndte at pulsere og vride sig, selv om Furierne ikke længere var på den, og blodet flød ikke længere fra himlen eller hans kørestol.

Lia svævede stadig med øjnene rettet mod himlen, som forvandlede sig fra blodige tårer til blå, og under deres fødder blev jordkraterne helet af græs og træer og blomster.

Så blev alt stille, og Lia svævede stadig i trance ned på jorden igen. Prostreret på jorden, med armene stadig vidt åbne, mærkede hun græsset på sin ryg, og hun smilede af udmattelse, da hun skrumpede i størrelse og vendte tilbage til sin sande alder, som var ni et halvt år gammel.

»Er du okay?« spurgte E-Z, mens ræven, blåskaden, vaskebjørnen, kardinalen og rådyret stimlede sammen.

Lia åbnede øjnene, og hun kunne se ud af dem. Hun kiggede på sine hænder, og de var, som de plejede at være.

»Jeg har det fint,« sagde hun, mens Lachie hjalp hende op.

Sam lagde straks mærke til, at hans datters tøj ikke passede hende længere. Han tog sin superheltekappe af og lagde den om hendes skuldre.

»Tak far,« sagde Lia.

Det var første gang, hun nogensinde havde kaldt ham det, og han havde aldrig følt sig så stolt, mens en tåre løb ned ad hans kind.

$$* * *$$

DEN BLÅ HIMMEL VIRKEDE lysere, som om stjernerne blinkede med øjnene, selv om det var dag, og græsset på jorden så ud til at danse i solens stråler, som om det indeholdt diamantdug.

Hverken E-Z eller noget medlem af hans team kunne tale. Ingen ønskede at bryde stilheden eller forstyrre den skønhed, de var vidne til.

HVISKEN.

HVISKE HVISKE.

HVISKENDE HVISKEN.

Bladene, der blæser i vinden. Lavede en menneskelignende lyd. Men det var ikke vinden, det var stemmen fra børn over hele verden, der blev genfødt.

De, der var blevet taget af The Furies, skubbede deres kroppe op af jorden og fandt ud af, at deres stemmer var vendt tilbage.

Børnene genlærte at gå, løbe eller kravle, og deres skrig gav genlyd over hele verden:

»Jeg vil have min mor!« skreg børnenes genfødte, men sjæleløse kroppe.

»Jeg vil have min far!« råbte de genopstandne børn med én stemme:

»WAH, WAH, WAH!«

»WAH, WAH, WAH!«

»WAH, WAH, WAH!«

De sjælløse små bevægede sig ud til kanterne, rejste til steder, deres bevægelser var hurtigere end lysets hastighed, mens de fortsatte med at jamre:

»Jeg vil have min mor!«

»Jeg vil have min far!«

»WAH, WAH, WAH!«

»WAH, WAH, WAH!«

»WAH, WAH, WAH!«

I Death Valley, hvor sjælefangerne blev opbevaret,

POP

POP

Dørene fløj op som arme, og sjælene kom ud og søgte efter de kroppe, som de stadig skulle være i, og de fulgte børnenes skrig.

»Jeg vil have min mor!«

»Jeg vil have min far!«

»WAH, WAH, WAH!«

»WAH, WAH, WAH!«

»WAH, WAH, WAH!«

Sjælene fløj fra barn til barn. De søgte efter det hjem, hvor de hørte til. Det var som at se børn lege fangeleg, når hver sjæl fandt og trådte ind i den krop, den var født i. Sjælene og kroppene blev ét igen.

SHHHHHHH.

I et øjeblik var de små glade børn igen, og lyde af glæde fyldte luften.

Tilbage i Death Valley omdirigerede Hadz og Reiki de hjemløse sjæle over hele verden, som havde gemt sig, fordi de ikke havde deres egne sjælefangere. En efter en kom sjælene ind, og jorden begyndte at helbrede sig selv.

Samantha kom ud af huset med sine babyer Jack og Jill i armene, mens hun sang blidt til dem: »Hush little baby don't you cry.«

POP.

POP.

Hadz og Reiki dukkede op: »Vi gjorde det!«

E-Z og hans team kastede armene om hinanden. De græd, de grinede. Så græd de igen over tabet af en fra deres hold. For tabet af en af deres egne: Brandy.

Lias telefon bippede. Det var en besked fra Brandy: »Jeg er ankommet til indkøbscentret - igen! Jeg håber, at alle er okay, og at vi slår de hekse!«

»Brandy er i live!« forklarede Lia, og så sendte hun en sms tilbage: »Det gjorde vi i hvert fald! Jeg fortæller dig detaljerne senere.«

»AHRHHRGHHH!« Charles Dickens skreg. Hans krop rystede og skælvede. Da det stoppede, var han i trance med et udtryksløst udtryk i ansigtet og udstrakte hænder med håndfladerne opad.

»Får han mine håndøjne?« spurgte Lia.

En bog - den største indbundne bog, de nogensinde havde set - faldt ned fra himlen og landede i Charles' arme, og kraften i den var lige ved at vælte ham omkuld. Charles fik styr på sig selv, mens den enorme bog åbnede sig og bladrede i sine egne sider, indtil en stemme lød inde fra bogen:

»Jeg er rejsebogen om alternative verdener.«

Selv om stemmen kom inde fra bogen, bevægede Charles Dickens' læber sig synkront med hvert eneste ord, mens der stadig lød barneskrig i baggrunden:

»WAH, WAH, WAH!«

»WAH, WAH, WAH!«

»WAH, WAH, WAH!«

»Jeg vil have min mor!«

»Jeg vil have min far!«

»WAH, WAH, WAH!«

»WAH, WAH, WAH!«

»WAH, WAH, WAH!«

»Jeg er sulten!«

»Jeg er tørstig!«

De børn, der engang boede tættest på E-Z's hus, marcherede side om side mod det.

»Hør mig nu!« Den alternative verdens rejseberetning talte for sig selv.

"Dette er et engangstilbud.

Hvis du bliver valgt, skal du vælge.

Kun én gang, vind eller forsvind.

Lad ikke denne mulighed slippe væk.

For det vil ikke ske igen, på nogen anden dag."

Siderne blev bladret frem og tilbage. Frem og så tilbage. Bladringen stoppede ved et kapitel. Et kapitel med titlen Alfred. Og der var billeder af ham og hans familie. Alle ældre. Alle sunde og raske. Han var ikke længere trompetersvanen Alfred på billederne. Han var Alfred, faderen, ægtemanden, manden.

Med tårer i øjnene kiggede Alfred på E-Z. Det blik, de delte, sagde alt. Han var nødt til at gå. E-Z nikkede.

Så vendte Alfred sig mod Lia. Hun nikkede også og vidste, at han var nødt til at gå.

Trompetersvanen Alfred trådte ind i det kapitel, der bærer hans navn, og forvandlede sig tilbage til en mand. Og inde fra siderne i The Alternate Worlds Travelogue vinkede han til sine venner.

Nu gik siderne i Rejsebeskrivelse fra alternative verdener tilbage til begyndelsen af bogen. Siderne blev blandet igen og igen, frem og tilbage, tilbage og frem, og til sidst stoppede de ved et nyt kapitel. Et kapitel opkaldt efter Lachie.

På billedet var Lachie et spædbarn. Hans forældre var ved at tage ham med hjem fra hospitalet. Spædbarnet på billedet bar et hospitalsarmbånd, som afslørede, at Lachies rigtige navn var Andrew.

»Nej tak,« sagde Lachie. »Baby og jeg tager snart hjem.«

The Alternate Worlds Travelogue smækkede i med en sådan kraft, at Charles næsten faldt om. Han kom sig, og et øjeblik efter begyndte bogen at bladre igen.

Baglæns, forlæns. Blandede siderne som et spil kort, indtil den landede på det kapitel, der hed Haruto. På billedet var han sammen med sin mor og far.

»Nej tak,« sagde Haruto med det samme. Han tog Sobos hånd i sin og sagde til Lachie: »Har du noget imod at sætte os af i Japan på vej hjem?«

Lachie nikkede: »Jeg er glad for selskabet.«

Denne gang skød der flammer ud af bogen, før den blev lukket, og Charles var lige ved at tabe den.

Børnenes ubesvarede råb fortsatte og blev højere, efterhånden som de nærmede sig E-Z's hjem:

»Jeg vil have min mor!«

»Jeg vil have min far!«

»Jeg er sulten!«

»Jeg er tørstig!«

»WAH, WAH, WAH!«

»WAH, WAH, WAH!«

»WAH, WAH, WAH!«

Charles lukkede øjnene.

»Er det alt? spurgte E-Z.

»Hvad med os?« spurgte Lia.

Charles' arme begyndte at ryste. Som om bogens vægt pressede sig ned over hans arme. Så smækkede bogen i med en sådan intensitet, at han snublede frem og satte sig ned. Han krydsede det ene ben over det andet og vuggede bogen mod sit bryst.

Den fløj op igen, og det samme gjorde Charles' øjne, og igen bevægede siderne sig rundt som søgræs på havbunden. Den smækkede i igen. Så vendte den sig om på ryggen. I midten af bogen dukkede en ramme op. Først var den tom, som om den ventede på noget. Så flimrede den, og en film begyndte.

En baseballkamp var allerede begyndt på Dodger Stadium. Dodgers spillede mod Brewers. Og E-Z Dickens var catcher. Han stod bag pladen og spillede som en professionel. På tribunen sad hans forældre og heppede på ham.

JORDENS PAUSE.

I et par sekunder blev sollyset blokeret, da Ophaniel sprang op på himlen og kom hen imod dem.

»E-Z, jeg ville bare fortælle dig, før du træffer din beslutning, at uanset hvad du beslutter dig for at gøre eller ikke at gøre, vil det få konsekvenser for andre.«

»Som hvad?« spurgte han og tog ikke øjnene fra den indrammede version af ham selv og hans forældre, selv om de ikke længere bevægede sig i den.

»Tænk på ulykken ... hvad ville der ikke være sket i verden, hvis dine forældre aldrig var døde? Hvis du aldrig havde mistet evnen til at bruge dine ben?«

Han kiggede i retning af sin onkel Sam og derefter på Samantha, Lia og tvillingerne. Uden ulykken ville ingen af dem have mødt hinanden. Tvillingerne ville aldrig være blevet født.

»Hvis jeg beslutter mig for at tage af sted og udleve min drøm, hvad sker der så her?«

»Det er en risiko, du er nødt til at tage, og et svar, jeg ikke kan give dig. Men jeg ved, at du er katalysatoren og limen.«

»Okay, tak for at lade mig vide det.«

JORDEN FORTSÆTTER

Ophaniel tog af sted.

»Øh, nej tak,« sagde E-Z.

Han så, hvordan han og hans forældre forsvandt. Skærmen blev blank. Rammen forsvandt, og bogen begyndte at rejse sig. Op, op, ud af Charles' arme.

Charles stod, som om han stadig holdt den. Han stirrede frem for sig på ingenting.

Da den var langt over dem, brød bogen i brand. Den syrede og stank, før resterne var små nok til at blive løftet af vinden. Og rejsebogen om alternative verdener var ikke mere.

Charles vendte tilbage til sig selv, da børnene ankom i massevis til E-Z's gade.

»Jeg vil have min mor!«

»Jeg vil have min far!«

»Jeg er sulten!«

»Jeg er tørstig!«

»WAH, WAH, WAH!«

»WAH, WAH, WAH!«

»WAH, WAH, WAH!«

»Må jeg fortælle dem en historie?« spurgte Charles.

»Det kan ikke skade,« sagde Lia.

Charles begyndte at genfortælle historien om de tre kampesten. Børnene holdt op med at bevæge sig, stoppede deres skrig, mens de hang fast i hvert eneste af hans ord - indtil han stoppede brat.

»Åh, pokkers!« råbte han og bemærkede, at hver eneste del af ham forsvandt ind og ud, som om jorden havde problemer med at sende hans signal.

»Vent!« sagde E-Z. »Har du et godt råd til en forfatterkollega?«

»Der er bøger, hvor bagsiden og omslaget er de bedste dele - lad ikke din være en af dem. Jeg kommer til at savne jer alle sammen!«

Nogle siger, at i netop det øjeblik kom en lysstråle ned, løftede ham fra jorden og bar Charles Dickens op i himlen. Nogle siger, at han red væk på Lille Dorrit, og at ingen af dem nogensinde blev set igen. Det eneste, de vidste med sikkerhed, var, at Charles Dickens forlod dem den dag og aldrig blev set igen.

»WAH, WAH, WAH!«

»WAH, WAH, WAH!«

»WAH, WAH, WAH!«

FIZZLE POP

En Soul Catcher ankom. Den åbnede sin dør og skød fyrværkeri op i luften.

Nogle af babyerne blev skræmt af larmen, og andre elskede den, men i alle tilfælde holdt de op med at græde.

Da den skød farver op i luften, smeltede de sammen og sagde følgende:

KOM UD KOM UD

HVOR DU END ER!

»Hvad vil den?« spurgte E-Z. »Eller skulle jeg sige, HVEM vil den have?«

»Er det mig?« spurgte Sobo.

»Nej, det er til mig,« sagde en stemme bag dem. Det var Rosalies stemme.

Alle vendte sig mod noget og forventede at se et spøgelse eller en ånd, men det, de så, var ingen af de to ting. Det var Rosalies essens ... det var alt, hvad de vidste.

»Farvel, kære Rosalie!« kaldte Sobo.

Det var noget af en afsked for den kære Rosalies essens, hvor E-Z og hans team råbte, vinkede, kastede kys og heppede på hende. Det var en sand fejring af alt det, hun havde betydet for dem, da deres kære venner trådte ind i hendes Soul Catcher, og den fløj væk.

Nu, hvor Charles var væk, genoptog børnene deres råb,

»WAH, WAH, WAH!«

»WAH, WAH, WAH!«

»WAH, WAH, WAH!«

I baggrunden var der en ny lyd. Lyden af fødder, mange fødder, der løb - hurtigt.

Da de strømmede ind i E-Z's gade, blev mødrene og fædrene og børnene genforenet med deres kære, og denne genforening fandt sted over hele jorden.

»Bravo!« sagde E-Z til sit team.

De vinkede farvel, mens Lachie, Baby, Haruto og Sobo fløj væk.

Nu var der kun E-Z og Lia tilbage.

ZAP!

Den første Poppet ankom.

BONJOUR!

Efterfulgt af Francois.

»Ah, vi kommer for sent,« sagde han. »Vi er gået glip af det hele!«

Inde fra huset kunne man høre Samanthas skrig. »Åh nej, der sker noget med babyerne!«

Alle løb ind til babyernes børneværelse. Jack og Jill sov tungt.

Sam lagde armen om sin kone. »Jeg synes, de ser fine ud,« hviskede han.

»Men de har det ikke godt!« sagde Samantha.

»Det skal nok gå,« sagde Sam.

»Jeg synes også, de ser fine ud,« sagde E-Z.

»Du skal bare vente,« sagde Samantha. »Bare vent, så får du at se. Jeg ville ikke have skreget, hvis ikke ...« Hun vaklede og vaklede, som om hun var ved at falde ned.

Alle kiggede og ventede. Der skete ikke noget i ti, femten, tyve eller endda tredive minutter.

Så skete der pludselig noget.

Et gult og et grønt lys strømmede ud fra Jack og Jills små kroppe.

»Hadz? Reiki?« udbrød E-Z.

POP.

POP.

Jack og Jill satte sig op, som ældre babyer ville kunne gøre det. Hvilket Jack og Jill endnu ikke kunne.

Samantha besvimede, mens Sam fangede hende.

»Hvad pokker laver I to?« forlangte E-Z. »Kom ud derfra - nu!«

Hadz sagde: »Som belønning bad vi om at blive mennesker.«

»Reiki sagde: »Og vi havde brug for kroppe.«

»Åh gud,« sagde E-Z, da det bankede på hoveddøren.

»Er der nogen hjemme?« spurgte PJ og Arden.

EPILOGUE

E-Z SKREV ORDENE IND: THE END. Tilfreds med at have afsluttet en serie på fire bøger, lukkede han sin bærbare computer.

»Skynd dig, E-Z!« råbte en mand bag ham.

E-Z trak sin catcher-maske af og kiggede sig omkring. Han stod bag pladen og fangede for Los Angeles Dodgers. Dommeren børstede pladen af. Han rejste sig op og gik ind i båsen, da han var den sidste spiller, der forlod banen.

Han genkendte et par af spillerne, da han bevægede sig hen langs med båsen og fulgte tæt efter dem.

Han kørte fingrene gennem sit hår, som var helt blondt. Det var kortere og tættere klippet, end han nogensinde havde haft før. Og han var højere, helt sikkert over 1,80 meter.

Hvad pokker var det, der foregik? Havde han sovet? Han kneb sig selv. Det gjorde ondt.

»Du er på dækket, E-Z!« råbte slagtræneren.

Han fandt en skærm og tjekkede sit spejlbillede. Han kiggede på sig selv, som om han var en fremmed.

»Jorden til E-Z,« sagde hans træner.

»Undskyld, træner,« sagde E-Z, mens han gik hen til hangaren med dugout-udstyr. Hans bat var mærket, ligesom resten af hans udstyr. Han tog det på og gik ind i on-deck-cirklen.

Han justerede sine albuebeskyttere og gjorde sig klar til det første kast. Sammen med sin holdkammerat ved pladen tog han et par øvelsessving. Mens han ventede, fik han øje på en bevægelse på tribunen bag båsen. Hans mor og far.

»Kom så, søn!« råbte hans far.

Han vendte tommelfingeren op til sine forældre og så, hvordan hans holdkammerat lavede en single og nåede sikkert frem til første base.

E-Z trådte ind i batterboksen, kaldte tiden, trådte ud igen og tog et par dybe indåndinger.

Tagdig sammen, sagde han til sig selv. Jeg vil ikke skuffe holdet. Fokuser. Koncentrer dig.

Han løftede armen for at lade dommeren vide, at han var klar, og vendte så tilbage til pladen.

»Kom så, E-Z!« råbte hans mor.

Han koncentrerede sig og så på, at det første kast gik forbi. Sikkert over hundrede kilometer i timen. Han forberedte sig på det andet kast. Svingede og ramte ved siden af. Hans holdkammerat stjal en base og landede sikkert på anden base.

Det her er for meget. Jeg er ikke klar. Jeg er nødt til at vågne op. Jeg er nødt til at vågne op - NU.

Det andet kast fløj forbi. Han svingede, men ramte ikke. Det tredje kast kom, og han ramte det. Han så, hvordan hans holdkammerat forsøgte at nå tredje base, men blev smidt ud. Han nåede næsten frem til første base i tide, men det andet hold fik et double play. Da der var to ude, gik han tilbage til hallen for at tage sit fangertøj på.

»Du får dem næste gang!« sagde hans far.

Selv om han ikke kom på basen, var han i sin drøm. Han udlevede sin drøm. Men hvordan? Han havde afvist tilbuddet fra Alternate Worlds Travelogue.

Få mig ud herfra! Jeg vil ikke have det på denne måde! Hvor er onkel Sam? Hvor er Lia? Hvor er tvillingerne?

Hans hoved var fyldt med latter, da han faldt til jorden og blev ved med at falde. Indtil han landede med et bump på et trægulv i en hytte eller et skur. Få sekunder efter at han var landet, brød det i brand.

På den anden side af rummet sad en lille pige. Først troede han, at det var Lia, men pigen havde rødt hår. Han prøvede at vække hende, men hun rørte sig ikke.

Bag ham blev hoveddøren smidt af hængslerne. En mørk, indhyllet skikkelse kom ind sammen med en kortere, hætteklædt skikkelse. Sammen bar de pigen udenfor.

»Hjælp mig!« råbte han.

»Hjælp dig selv!« sagde en kvindestemme, den højeste af de to skikkelser, mens væggene begyndte at styrte sammen omkring ham.

Han var tilbage på stadion, på ryggen på jorden og kiggede op i sine forældres øjne.

»Du skal nok klare den,« kvidrede de.

Taknemmelighed

Kære læsere,

Så er vi nået til slutningen af E-Z Dickens-serien. Jeg håber, at I har nydt at læse den lige så meget, som jeg har nydt at skrive den.

Eftersom I har været med mig gennem hele serien, er min sidste TAK til jer, mine læsere. I er fantastiske!

Som altid god læselyst!

Cathy

Om forfatteren

Cathy McGough bor og skriver i
Ontario, Canada med sin mand, søn, kat og hund.

Også af:

YA
FICTION
A Mathematical State of Grace Complete Series
CHILDREN'S
Jump Series
The Three Boulders
Clap Series
NON-FICTION
103 Fundraising Ideas For Parent Volunteers With Schools and Teams (3RD PLACE BEST REFERENCE 2016 METAMORPH PUBLISHING)
FICTION
Interviews With Legendary Writers From Beyond (2ND PLACE BEST LITERARY 2016 METAMORPH PUBLISHING)
Thirteen Short Stories.